雨花忠魂

雨花英烈系列纪实文学

青春的瑰丽

陈理真烈士传

薛友津 著

江苏凤凰文艺出版社
JIANGSU PHOENIX LITERATURE AND ART PUBLISHING, LTD

图书在版编目（CIP）数据

青春的瑰丽：陈理真烈士传 / 薛友津著．— 南京：江苏凤凰文艺出版社，2018.10（2023.5重印）
（雨花忠魂．雨花英烈系列纪实文学）
ISBN 978-7-5594-2915-5

Ⅰ．①青… Ⅱ．①薛… Ⅲ．①纪实文学－中国－当代 Ⅳ．①I25

中国版本图书馆 CIP 数据核字 (2018) 第 213319 号

青春的瑰丽：陈理真烈士传

薛友津 著

出 版 人　张在健
责任编辑　黄孝阳　傅一岑
封面设计　马海云
责任印制　刘　巍
出版发行　江苏凤凰文艺出版社
　　　　　南京市中央路 165 号，邮编：210009
网　　址　http://www.jswenyi.com
印　　刷　阳谷毕升印务有限公司
开　　本　880 毫米 ×1230 毫米　1/32
印　　张　5.875
字　　数　157 千字
版　　次　2018 年 10 月第 1 版
印　　次　2023 年 5 月第 4 次印刷
书　　号　ISBN 978-7-5594-2915-5
定　　价　30.00 元

“雨花忠魂·雨花英烈系列纪实文学”丛书编委会名单

万里长空且为忠魂舞

中共江苏省委书记　娄勤俭

天地英雄气，千秋尚凛然。雨花台，这片深深浸染着英烈鲜血的山岗，曾见证了几代仁人志士信仰至上、慨然担当的英雄壮举，也铭记着无数革命先烈舍身为民、矢志兴邦的不朽事迹。在这里，彪炳日月、名垂青史的革命烈士就有1519人；也是在这里，还有更多鲜为人知的英烈故事，无法铭刻于碑文，没有见诸史册，像一粒粒晶莹的雨花石，深埋在雨花台殷红的泥土里。理想之光不灭，信念之光不灭。英烈们的背影虽然早已远逝，但他们的集体“影像”已定格在永恒的瞬间，那就是义无反顾、慷慨赴死，前赴后继、为国捐躯，用热血和生命铸就了信仰丰碑，在血与火的洗礼中撑起了民族脊梁，谱写出一部又一部壮怀激烈、气吞山河的“英雄交响曲”。

英雄是旗帜，革命英雄是民族的共同记忆。习近平总书记指出：“对中华民族的英雄，要心怀崇敬，浓墨重彩记录英雄、塑造英雄，让英雄在文艺作品中得到传扬，引导人民树立正确的历史观、民族观、国家观、文化观。”为缅怀英烈伟绩、弘扬崇高风范，培育和践行社会主义核心价值观，培养爱国主义、集体主义精神和社会主义道德风尚，江苏省委宣传部、江苏省作家协会组织创作了《雨花忠魂·雨花英烈系列纪实文学》丛书，以文字、文学、文化的形式，讲述英烈的感人故事，表现英烈的高尚情操，诠释英烈的不朽精神。邓演达、贺瑞麟、石璞、刘亚生、吴振鹏、许包野……这一个个闪亮耀眼的名字，如同一座座高耸入云的丰碑，始终矗立在一代代共产党人的灵魂深处。这套丛书，为更好地传承弘扬“雨花英烈精神”提供了生动教材，也为教育党员干部走进历史、追寻英烈，激励党员干部不忘初心、牢记使命，永葆革命本色提供了精神之“钙”。

英烈风骨犹存、感召后人；历史启迪心灵、照亮未来。牺牲在雨花台的我党早期领导人恽代英曾说：“我们吃尽苦中苦，而我们的后一代则可以享到福中福。为了最崇高的理想——共产主义，我们是舍得付出一切代价的。”可以告慰雨花英烈的是，经过近七十年的不懈奋斗，近代以后久经磨难的中华民族，迎来了从站起来、富起来到强起来的伟大飞跃，一幅国家富强、人民幸福、民族复兴的壮美图景正在祖国大地上全面展开。

与伟大祖国历史进程同步伐，江苏发展站到了新的起点上。深入贯彻习近平新时代中国特色社会主义思想，努力把习近平总书记为我们描绘的“强富美高”新江苏蓝图化为美好现实，推动高质量发展走在前列，迫切需要我们传承红色基因，用好红色资源，学习雨花英烈的崇高理想信念、高尚道德情操和为民牺牲的大无畏精神，不忘初心，砥砺前行。我们缅怀革命先烈，就要从前辈先贤身上汲取养分和力量，让他们曾经的牺牲和付出，成为今天前进的动力源泉，砥砺我们以永不懈怠的精神状态推进改革再深入、实践再创新、工作再抓实；我们讴歌革命先烈，就要用“雨花英烈精神”，激励全省人民更加主动担当新使命，意气风发创造新未来，不断开辟新时代中国特色社会主义在江苏实践的新境界。这，正是我们对革命先烈最好的礼敬与告慰。

沧海横流，英雄显本色；落花如雨，正气贯长虹。“万里长空且为忠魂舞”，“雨花英烈精神”必将长留在时光的长河和人民的记忆中。

是为序。

目　录

引言

陈理真，1907 年生于萧县皇藏峪龙虎峪村一个农民家庭，字凤乔，又名陈力真、陈履真。自幼天资聪颖，七岁入私塾读书，后入永堌小学堂读书，小学没毕业，就以优异的成绩考取了徐州省立第七师范学校。在校期间，他接受了马克思主义熏陶，特别是在“五四”运动中，具有强烈的忧国忧民意识，积极参加反帝反封建运动，成为一名进步的热血青年。毕业后回到家乡小学任教，以国民党萧县第九行政区区长身份为掩护，组织农民开展斗争，领导穷人反苛捐杂税，惩治恶霸，掩护党的秘密活动，并在斗争中经受住了考验。1928年加入共产党，担任中共萧县青年部长，做农运工作。1929年，考入上海大陆大学和华南大学，后调中央党训班学习。1930年任中共徐海蚌特委宣传部长、长淮特委书记。1931年6月任沪东区委书记，后任江苏省委巡视员。1932年10月在徐州被叛徒出卖不幸被捕，后被押解至南京宪兵司令部，在狱中坚贞不屈，忠诚于党，表现出一个共产党员的高贵品质与高尚的情操。临刑前，刽子手问他：假如现在放你出去，你做什么？陈理真响亮回答：还干共产党！

1932年11月的一天，南京秋风瑟瑟，乌云翻卷，陈理真高呼“共产党万岁”，昂首唱着《国际歌》迎向罪恶的子弹，血溅雨花台……人民的好儿子、年仅二十六岁的共产党员陈理真用鲜血谱写了为共产主义壮丽事业奋斗到底的无产阶级正气歌。

他的青春是一首诗，写满了忠诚篇章；唏嘘，献身革命，血溅雨花泪洒天堂。

他的青春是一支歌，流淌着瑰丽光芒；唏嘘，音符铿锵，将生命留在了没有硝烟的战场。

他的青春是一道虹，照亮了四面八方；唏嘘，山河呜咽，镰刀斧头舞出一片辉煌。

他的青春是一道景，招来千万人敬仰；唏嘘，世世代代，与国同在无上荣光。

第一章
皇藏之光

皇藏峪位于萧县城东南三十公里处，东靠津浦铁路（今京沪铁路），西连淮北、南接宿州，北近徐州；皇藏峪原名黄桑峪，因峪内长满黄桑树而得名。汉高祖刘邦称帝前曾因避秦兵追捕而藏身于此，故改名皇藏峪。《汉书·地理志》记载："汉高祖微时常隐芒、砀山间，即此山有皇藏峪，汉高祖避难处。"皇藏峪为陶墟山系南部的剥蚀低山丘陵，山岩为石灰岩体，有许多天然洞穴及井泉、山石景观，四周峰峦层叠，涧水淙淙。峪中天然森林三千多亩，有一百四十六种树木和六百多种草药。在平畴千里的淮北大地，有此高峰幽谷，实为难得。

萧县东南皇藏峪山南有个叫龙虎峪的村子，三面环山，村北有几座东西并列挺拔的龙山，东西走向，逶迤如龙，中间突出处好似锅帽，当地人称之为大顶子。大顶子常有祥云缭绕，村民说，大顶子有云，不用问神。意思是只要大顶子出云遮住半山腰，肯定会下雨。山下有泉，名曰筛子泉。龙山与村南的虎山相呼应，虎山为东西走向，好似卧虎沉睡，头东尾西，山中树林茂密，景色宜人。东山为凤山，山间一条相间乡村公路，承接绵延不绝东来的紫气。村西则为平坦无垠的肥沃农田，滋养着龙虎峪世世代代的村民。起先这个村子叫龙虎凤峪，因为拗口，久而久之，村民称之为龙虎峪。

陈氏家族自十二世"淑"字辈起就迁居在龙虎峪村。陈履真的父亲陈方如，母亲郑氏夫妻俩膝下共生四子两女，其中长子陈履芬，次子陈履业，三子陈履真和四子陈履英。

1907年腊月十九戊时，在这个有着龙虎之气的三面环山的小山村里，陈方如家陈郑氏生了个男娃，按辈分取名为陈履真，弟兄排行三，乳名平儿。陈家希望孩子一生平安之意。

平儿出生那天，天降大雨，稀里哗啦下了一整天，有人还听见了山那边传来几声清脆的雷声。这在寒冬腊月天打雷还是很稀罕的。村里人传说，就在平儿落地，随着婴儿一声啼哭的瞬间，天边突然一道金光一闪，大雨戛然而止。正去后院倒水的接生婆，一抬头，猛然发现，虎山背面那道金光，好家伙，真亮啊！将整个虎山都给照得一片光明。很长时间那个光芒才逐渐消失。接生婆被惊呆了，半晌才回过神来，连忙去前面房里找陈方如讨喜钱，说平儿这个孩子，今后不但大富大贵，你打我的话来，没准是个将帅之才。乐得陈家老爷子陈方如半晌合不拢嘴。

聪慧过人的少年时代

也就在这一年，1907 年初，中国同盟会的领导人、革命先行者孙中山和黄兴等先后抵达河内策划镇南关（今广西友谊关）武装起义。革命军占领炮台的消息传出后，农民群众和散兵游勇纷纷前来投靠革命军，革命队伍迅速发展到四五百人。孙中山在河内得知革命军成功占领三炮台的消息后，便带领黄兴、胡汉民、胡毅生、卢仲琳、张翼枢和日本人池亨吉、法国退职炮兵上尉男爵犹氏等十人，由河内搭乘火车北上抵达镇南关，当晚点着火把登上右辅山，到达镇南关北炮台，到镇南关右辅山炮台犒赏起义部队，黄明堂列队鼓乐欢迎，全军深受鼓舞。革命军占领右辅山炮台后，由何伍守镇南炮台，李佑卿守镇中炮台，黄明堂守镇北炮台，孙中山、黄兴等在镇北炮台指挥。次日，清军开到，发起攻击，孙中山在阵地为伤员包扎，并亲手发炮，竟打得很准，使义军深受鼓舞。他在金鸡山炮台亲自点炮时激奋地说："反对清政府二十余年，此日始得亲自发炮击清军耳！"

许多年之后，当陈履真读到"丁未镇南关之役"相关文章时，还很激动不已，毕竟是自己出生的那一年发生的一件震撼民心的大事情，假如自己早生一二十年，或许会参加这场战役也未可知。

陈方如家共有二十七口人，房屋三十间，土地七十亩，耕牛三只，驴两头。陈方如粗通文字，这在当时的农村并不多见，所以其思想并不守旧，他既要守住和发展祖业，又要改变世世代代面朝黄土背朝天的面貌，所以，再困难也要让孩子读书识字。

平儿五岁的时候，聪明过人，父亲陈方如就准备好好培养培养他，再说家中的日子也有所盈余，条件也允许。这一天，父亲找到老二陈履业（后来毕业于萧县师范，一直在农村从事教育工作），让他闲来没事教教弟弟读书识字。因为履业曾经读过一年多私塾。当时因家中农事羁绊，加之钱粮不是那么富裕，只好休学回家劳动。其实在学堂，陈履业只读过《百家姓》和《三字经》两本书，现在家中有文化象征的东西也就是陈履业从学堂带回来的这两本小册子。陈履业谨遵父命，急忙找出压在箱底的《百家姓》和《三字经》，复习了许多日，这才叫三弟认字读书。哪知，只三五天，陈履真便将这两本小册子读完了，而且是能从头至尾背得滚瓜烂熟，几乎是倒背如流。关键是他还向二哥问了几个莫名其妙的问题，比如“百家姓”，姓陈的排在了第十位，他就问二哥老师，为什么姓陈的排在第十而不是第一或第二呢？赵钱孙李，为什么不是陈钱孙李，或赵陈孙李呢？二哥被问得哑口无言，他从来没这么想过，也没有听哪个识字的人这么问过。接下来陈履真又问道：你知道，《三字经》是何人所写？二哥老师又被问住了，谁写的他怎么知道呢？况且知道这个干什么？只要能将书念熟，最多能熟背下来，就了不得了，哪还管这么多呢！陈履业就回禀父亲：我是教不了三弟了，你还是花钱给他请个私塾先生吧。龙虎峪没有私塾学堂，要上私塾，需得到五里之外的嵝沟入塾。平儿听说能去读私塾，高兴得一蹦多高，说等自己学了知识，一定为国出力。父亲见平儿这么小能说出这么一番话来，晚上就对妻子郑氏说，咱家的平儿从小就志向远大，看来这孩子长大了一定有出息！

几天之后的一天晚饭后，平儿突然找到二哥陈履业，说：二哥，我告诉你个好消息。二哥就问：什么好消息？是去山里逮着野兔子了还是到东大塘里捉了条大青鱼回来了？他只知道这个三弟顽皮得很。平儿连摇头：都不是，我今天到嵝沟去了，我找到一家私塾学堂，先生也姓陈，大号叫陈礼廷，我就问他，我说先生，我问你个问题，你能答得上来，我以后就和你学习。陈先生一听很高兴，也很有兴致。我就问他了，《百家姓》的头一句赵钱孙李，为什么不是陈钱孙李，或赵陈孙李呢？那个私塾先生听后捋着胡子哈哈大笑，然后告诉我一番原因，原来那个时候姓赵的当了皇帝，所以将他的姓排在了第一位。那时候如果我们姓陈的当了皇帝，那《百家姓》上的第一句肯定是陈钱孙李了！还有啊，临走陈先生还告诉我一个秘密：《百家姓》这本书，是北宋初年钱塘——就是现在的杭州——一个书生编撰的启蒙读物，只可惜，他记不住这个书生的姓名了，令人有点儿惋惜。我让陈先生好好想想，如果想起来，过几天我再去。陈履业告诉三弟，没事不能瞎跑，山里土匪多，如果被土匪绑了肉票了，你就别想回家了。陈履真说我不怕，土匪绑我做什么？我们家又没有肉！说得陈履业哭笑不得。陈履真认真地说道，我知道山里的土匪非常坏，经常拦路抢劫，烧杀抢掠，等我长大了，有本事了，我一定铲除这些土匪！让老百姓过上太平的日子。

同情穷人志向大　舍身救人品德高

这一年秋天，萧县大旱，五个多月未下过一场雨。龙虎峪方圆几十里更是旱得厉害，就连村东几十年从未干过的东大塘都见了底。秋作物几乎是颗粒无收。但是，政府各种苛捐杂税多如牛毛，当地的这个军那个兵也趁机下乡抢粮抓丁。再加上山里土匪闹得凶，民不聊生，老百姓的生活十分悲惨，苦不堪言。有首民谣这样唱道："官也征，军也捐，巧加名目记不全；盖着锅，不冒烟(没粮食下锅)，不纳捐税用绳栓；又抓丁，又要钱，南军北军（指新旧军阀）一样惨，暗是匪，名是官，兵灾匪患紧相连。"

第二年春天，多数的家庭都封门举家外出讨饭。每逢吃饭的时候，上门讨饭的人一拨接着一拨。陈方如家因为有老底子，大旱之年还能喝上一碗稀饭。这天中午，陈家刚端起碗，一个青年妇女带着一个两三岁的儿子上门来讨饭，陈郑氏心软，见不得人讨饭，连忙给母子俩每人盛了一碗稀饭。履真因为正在长身体，所以全家只有特别照顾他，每顿可以吃一张煎饼。要饭的小男孩见陈履真有煎饼吃，就对母亲哭喊也要吃煎饼。母亲拉起那孩子就走。哪知小男孩却坐在地上哭喊着赖着不肯走。陈履真见状，急忙将手中的煎饼送给了那个小男孩吃。母子俩走了之后，履真见母亲坐在饭桌旁流眼泪，以为母亲是心疼那张煎饼，就劝道，娘，我少吃一顿没关系，饿不着我。你别生气，权当那个小孩也是你的儿子，你就不疼得慌了！陈郑氏抚摸着儿子的头说道，娘不是疼那张煎饼，娘是心疼那个孩子，但得家中有富余，娘还准备多给他们母子几张煎饼呢。娘看你这么小就这样懂事，娘是为你高兴呢！父亲陈方如说，平儿心地善良，将来必成大事！

晚上履真躺在床上，翻来覆去睡不踏实，他还想着上午那件事情。人为什么会受穷呢？除了自然灾害之外，还因为国家不富裕，还有地主阶级和富人的盘剥，以及兵灾匪患。我长大以后，一定要改变这个面貌，让祖国富强起来，让穷人不再受穷，人人平等，过上丰衣足食的日子……

眼瞅着麦穗头露出了金黄色，老百姓心中充满了生存的希望，但这时候，也是春荒最为难熬的时光。村里时不时传出大人孩子被饥饿夺去生命的噩耗。每当这时，人们总会摇头叹息，新麦就要到嘴了呢，怎么就撑不到那一天了呢！

这天一大早，陈方如发现缸里的粮食快要见底了，想起村北的老张家，还欠着自家五升小麦，就打发二儿子履业上门讨要。这也是没办法的事情。在这个青黄不接的日子，能活下来就算不错，谁家会有多余的粮食呢！履业爱面子觉得说不出口，就喊上三弟履真陪自己一同前去。

一到张家，见他们全家面黄肌瘦，人人脸上浮肿得厉害，一掀锅盖，见里面煮着一锅野菜。履业心中就明白了，啥也没说就拉起弟弟走了。回到家门口，履业不敢进门向父亲交差，躲在一边流眼泪。履真自告奋勇进门复命。父亲问你怎么一人来了，你二哥呢？履真没有正面回答父亲的问话，而是找来一条口袋，走到盛粮食的缸前，让母亲给他量两升麦子。母亲有些诧异，问干什么用？履真这才告诉父母亲，张家就要饿死了，我们先借他两升麦子活命，等到麦口再一起向他们索要七升麦子不就行了吗！父亲陈方如说，我们家的粮食已经撑不到麦口了，所以才去张家讨要，要是再借给他们，我们家就有可能要断顿。履真说父亲，我们勒紧裤腰带，忍一忍，就过去了。可是张家没有粮食救济，有可能吃不到新麦全家人就没命了！你若舍不得这两升麦子，弄不好，到时连那五升粮食也要不回来了呢。母亲为难地望着男人。陈方如知道三儿子心地善良，也觉得他说得有道理，人命关天的，能救则救吧！当陈履真提着两升麦子送到张家的时候，张家老少激动得半晌说不出话来，连称陈履真是活菩萨！

这年夏天，履真与本村小伙伴去虎山放羊，到了中午，天热无比，看到山下石塘里的水清澈见底，两人不约而同脱去衣服下塘洗澡，看着水塘边水不深，好像还有台阶，两人就小心翼翼地试着台阶往下走。他俩都是旱鸭子，只是在东大塘偶尔下了几次水塘，也就是会个“狗刨”，两人不敢往深处去，就在塘边打水仗玩。愈玩愈高兴，那个小伙伴一不留神滑到了深处，在那里乱扑腾。履真见状，急忙爬上岸，想去喊人救命。可是大中午的，山上根本没有人，履真喊了好几声见没人应答，急得在石塘边乱跺脚。他急中生智，突然想起来一个办法，将自己裤腰带解下来，又将同伴的裤腰带解下来打成结，然后下到水里，将带子抛给同伴，哪知还是够不着，后来他想到了自家的头羊的脖子上有条绳子，急忙吹着这口哨，不一会儿头羊跑过来了，他急忙解下头羊的绳子接上，然后再次将带子抛给同伴，慢慢地将他拽上了岸，当时同伴已经翻白眼了，他想起了父亲曾经教过他救落水的人的方法，他抓着同伴的两条腿，拼尽全身之力，将同伴倒背在背上，不一会儿，同伴肚子里的水被控了出来，这才转危为安。后来那个同伴对陈履真说，平儿你今天救了我一命，今后只要你有危险，我一定会像你一样舍命去救你的。履真笑了笑，说我们都是一个村的好伙伴，即便我们不认识，遇到了我也不会撒手不管的。但愿我们以后都平安无事！

第二章 从私塾到永堌高等小学堂

陈履真七岁那年，父亲看到他聪明伶俐，是个可造之才，就托人将他送到到尠沟陈礼廷那儿上私塾。陈礼廷对于这个“老相识”——既聪明又好学的本家弟弟陈履真很是看中，并亲自给他起了字，为凤乔，意即凤山上一棵高大的树，将来可以成为国家栋梁之材。

因为陈履真在家已经学了《三字经》和《百家姓》，先生就直接让他读中年级班。顽皮是每个孩子的天性，刚上三天学的陈履真就逃学了。因为他听同学说，东山上有种神奇的黑石头可做砚台，不光水放在里面始终不干，而且用同样的石头在上面研磨，还能当墨写字。这天一大早，陈履真约了两个同学，到东山寻找这种神奇的石头去了。小孩子哪有力气呢，也没有工具，就在山上山下还有别人开采过的石塘里寻找。一天下来，毫无结果，还累得筋疲力尽。等他们回到私塾学堂，先生陈礼廷正在学堂里气势汹汹地等着他们几个呢！

记忆超人没被罚反受奖

当陈礼廷得知是陈履真带头逃学时，真是气不打一处来，责罚是免不了的。每人打手心二十戒尺，另外罚那两个初年级同学每人抄《三字经》和《百家姓》二十遍，不允许吃晚饭；罚陈履真抄《千字文》二十遍之外，还必须将文章背诵出来，否则，除了不供应晚饭，连觉也不准睡。陈履真说，先生，我如果现在就能将《千字文》背出来，是不是就不用抄写二十遍了？先生陈礼廷想也没想就点头答应了，说你现在如果能将这篇文章背出来，文章不但不要罚抄了，而且，晚上也允许你吃饭。因为先生心中明白，《千字文》刚刚教授了一遍，别说能将全文背诵下来了，即便是拿着书本照着念也很难不磕巴，就连自己恐怕也不敢吹这个牛，说能完全一字不错地背诵出来。陈履真说，先生，能将《千字文》给我看一遍吗？陈礼廷心中冷笑，心说年幼不知深浅，别说是一遍，就是让你看一夜，你也未必能背诵出来！接着便将文章给了陈履真。片刻工夫，陈履真便将课文浏览了一遍，怕先生说话不算数，又问道，先生，我若是能将这篇文章从头至尾背诵下来，你真的不罚我抄课文了？陈礼廷点点头。那晚饭也给我吃了？陈礼廷又点点头，继而反问道，你若背不下来呢？陈履真将小胸脯一挺：我如果背不下来，我就自动退学，无颜再当先生的学生。陈礼廷听罢，心中不由一愣，没想到，小小年纪，能说出这样雄心大志的话来！相反，他倒真心希望陈履真能一口气将《千字文》背诵出来，可是这种希望是多么渺茫啊！陈礼廷不由暗暗佩服陈履真的勇气，也为他捏了一把汗。从内心讲，他不愿意失去一个既聪明又伶俐的学生，甚至于有点儿后悔，和学生打什么赌呢！他偷偷瞟一眼陈履真，说凤乔，别逞能了，你现在后悔还来得及，你就老老实实地认罚吧！

这时，班上二十多个学生听说陈履真要与先生打赌，都不由围拢过来。陈履真说道：《千字文》乃四言长诗，首尾连贯，音韵谐美。以“天地玄黄，宇宙洪荒”开头，“谓语助者，焉哉乎也”结尾。全文共二百五十句，每四字一句，字不重复，句句押韵，前后贯通，内容有条不紊地介绍了天文、自然、修身养性、人伦道德、地理、历史、农耕、祭祀、园艺、饮食起居等各个方面。先生在给我们讲授这篇课文的时候，还给我们讲了一个故事，先生说，《千字文》为一千四百多年前南朝周兴嗣所编，它的撰作，原来是当年梁武帝令殷铁石在王羲之书写的碑文中拓下不重复的一千个字，供皇子们学书用的。但由于字字孤立，互不联属，所以他又召来周兴嗣嘱道：“卿有才思，为我韵之。”周兴嗣只用了一个晚上就编好进呈武帝。这便是传至今日的《千字文》。周兴嗣的《千字文》精思巧构，知识丰赡，音韵谐美，宜蒙童记诵，故成为千百年蒙学教科书。

说完这一段开场白，陈履真低头沉默了一会，然后向先生陈礼廷深施一礼，说：先生，我开始背了——

天地玄黄，宇宙洪荒，日月盈昃，辰宿列张。寒来暑往，秋收冬藏。闰馀成岁，律吕调阳。

云腾致雨，露结为霜，金生丽水，玉出昆冈。剑号巨阙，珠称夜光，果珍李柰，菜重芥姜。

海咸河淡，鳞潜羽翔，龙师火帝，鸟官人皇，始制文字，乃服衣裳，推位让国，有虞陶唐。

吊民伐罪，周发殷汤，坐朝问道，垂拱平章。……

陈履真喘一口气，略顿又背诵起来：

释纷利俗，竝皆佳妙，毛施淑姿，工颦妍笑。年矢每催，曦晖朗曜，璇玑悬斡，晦魄环照。指薪修祜，永绥吉劭，矩步引领，俯仰廊庙。束带矜庄，徘徊瞻眺，孤陋寡闻，愚蒙等诮。谓语助者，焉哉乎也。

背罢，陈履真又给先生深施一礼，拱手站立一旁。

先生陈礼廷带头鼓起掌来，捻须称赞：凤乔乃天才也。又对学生言道，他的超强记忆力和过目不忘的本领，你我均自叹不如也！吃晚饭的时候，陈礼廷专门赏了一块三指宽的白猪肉给陈履真，以示奖励。

两年之后，即1919年，萧县进步人士刘亚民在永堌镇办了一所平民高等小学堂，不收学费，而且学的科目也多，除了国文，还增设了算术、地理、美术、音乐等学科。这对于早已厌倦了八股文和“四书五经”的陈履真来说无疑是一个天大的好消息。陈履真心动了，为了确定这个消息，他专门去了一趟永堌镇了解情况。这才得知，创办这所这所平民学校的刘亚民，1898年出生，是永堌本地人，他出生在一个大地主的家庭，先祖刘交是汉高祖刘邦同父异母的兄弟。刘邦在丰沛起义后，独让刘交跟随自己打天下。刘交跟随刘邦转战各地，入蜀、定秦、诛项，为汉家天下的创建立下了汗马功劳，是汉朝的缔造者之一。汉高祖六年（公元前201年），刘交被封为楚元王，楚地辖境共三郡三十六县，定都彭城。刘氏宗族到刘亚民这一代，成了萧县的首富。

刘亚民自幼在萧县第一高等学校读书，接受新文化教育，高小毕业后考入徐州中学，1918年初中毕业考入了浙江省立第一师范。刘亚民是个开明人士，思想进步，痛恨自己出生在地主家庭，同情广大劳苦人民，深得当地百姓的拥戴。

思考了再三，陈履真决定去永堌求学，之后便将自己的想法告诉了恩师陈礼廷。没想到，陈礼廷对于陈履真的想法非常支持，他说：鸟儿羽毛丰满了总要飞上蓝天，你是个有理想有志向的年轻人，去外面闯闯世界，对于你今后的发展无疑会有很大的帮助；再说永堌高等小学堂属于现代派的，学的科目也多，你去那儿求学，一定会掌握更多更全面的知识，老师祝福你。看到恩师眼睛里闪动着泪光，陈履真也动了真情，不由热泪盈眶。毕竟在一起生活和学习好几年，师生的情谊是难以用语言表达的。

陈履真跪下给恩师磕了个响头，含泪离开了尠沟陈氏私塾学堂。

接受新思想　初涉政治风浪

永堌镇，古称厥崮。寨东南角有铙钹山一座，其山四周陡峭，顶端平坦，称为“崮”。因山得名，古为厥崮镇，后演化为永堌镇。据后来永堌镇出土的三叶虫化石考证，早在两亿三千多万年前，这里就有生物存在，数万年前，这里还是汪洋一片，以后又经历几万年西北黄沙的冲击，才渐次形成江淮平原。新石器时期，这里就有人类聚居繁衍。永堌镇曾发掘出各种石器、陶器和古猿人遗物。汉属梧国属地。唐宋称厥固镇。金元光二年（1223 年），厥崮镇升为永堌县。至元二年（1265 年），并入萧县为巡检司。明洪武十二年（1380 年），废县为镇，属江苏省徐州府萧县。永堌位于萧县东南一个古老的寨子，清同治八年（1870 年）全县各地乡绅为防捻军，各自筑寨，共建一百零三个寨子。永堌寨子四周全部建有寨墙，寨墙一丈有余，均石头到顶，寨子建有五座城门、十三座石头炮楼，城隍、女墙俱全，比萧县县城还多三个垛口。

永堌高等小学不但学习科目多，还订有许多进步报刊书籍，这使得求学若渴的陈履真如鱼得水般快乐，仿佛到了一个崭新的世界。

1919 年，“五四”运动爆发，北京学生的爱国行动，迅速得到社会各界和全国各地学生的响应，纷纷组织学生罢课、演讲和游行示威，声援北京学生的正义斗争，他们以赤城的爱国热情，唤起各阶层民众的奋起，汇成了中国近代史上规模空前的革命洪流。

永堌毕竟在乡下，消息传播得比较慢，陈履真得知“五四”运动的消息时已经在七八天之后。因为徐州的运动搞得如火如荼，陈履真决定去徐州参加声援游行。永堌离徐州有七八十里路，当时来高等小学读书的时候，因为离家比较远，父亲攒钱给儿子买了一辆日本产的半旧自行车，这下派上用场了。这天半夜，陈履真就骑着车子直奔徐州，到了徐州，天还没有完全亮透，城门也没有开。因为从来没有骑过这么远的路，而且半路上因路不熟，还多绕了一段，所以时令虽说到了春天，早晨天气还有点儿寒意，可陈履真却骑得一身的汗水。

他是第一次来徐州，到了南山（户部山），看到了项羽的戏马台。据说公元前206年，项羽自立为西楚王，定都彭城，在城南山上构筑高台，观赏士卒操练、赛马，后人称为“戏马台”。陈履真无暇上去浏览，他怕耽误正事。他想早一点儿进城去，所以在茶摊上买了一碗茶喝了，然后直奔南城门。

恰巧这时城门开了。城内到处张贴着标语口号，上面写着：“外争国权，内惩国贼”“拒签和约”“取消二十一条”“还我青岛，快用国货，同胞苏醒，抵制日货”……

陈履真后来得知，1919年1月开始，第一次世界大战的战胜国在法国巴黎召开所谓的“和平会议”，这实际上是当时的“世界五强”即美、英、法、日、意五个帝国主义国家所操纵的重新瓜分世界的会议。参加这次和会的中国政府代表迫于全国舆论的压力，提出了取消外国在中国的势力范围、撤走外国在中国的军队等七项特权，以及取消“二十一条”这一不平等条约的正义要求，却遭到无理拒绝。中国代表又提出，战前德国在山东攫取的各项权益应直接归还中国。日本却提出，已由他们在大战期间强占的德国在胶州湾的租借地、铁路以及德国在山东的其他权益，应该无条件让与日本。4月29日，英、美、法三国议定巴黎和约关于山东问题的条款，完全接受日本的提议。这样，日本夺取的战前德国在中国山东的权益被明文肯定下来。北京政府的代表虽然不得不承认“此次和会条件办法，实为历史所罕见”，但是他们遵照北洋政府的旨意，屈服于帝国主义的压力，还是准备在和约上签字。

太阳东南晌的时候，街上出现了学生游行的队伍，陈履真看到浩浩荡荡的游行队伍里，学生们挑着横幅，上面有徐州培新中学、铜山县立第一高校、省立第十中学、省立第七师范还有省立徐州第三女师等学校，他们高呼口号，边走边给周围群众散发传单，边演讲。陈履真将自行车丢在路边，也加入了游行的队伍，帮助学生们散发传单。当天正逢泰山庙会，游行队伍在庙会上演讲，引起了赶会群众的支持与强烈愤慨。游行队伍继续游行，汇集到了云龙山下合影留念。

游行队伍散了之后，陈履真跟随人流，不知不觉来到了省立第七师范的校门口。这时已过中午，他这才发觉饥肠辘辘，从早到午连口饭还没吃呢。他信步来到了学校对面不远处的奎楼下，买了两个烧饼吃下肚，然后又到第七师范校内转了转。当时他就下决心：回去一定好好学习，将来报考第七师范，等学业有成，报效国家。

到了傍晚时分，陈履真准备往回赶，他找到了自己的那辆半旧自行车，刚骑出不远，猛然想起来刚才游行队伍喊的抵制日货的口号。自己不是骑的日本产的自行车吗，为啥自己不行动起来付出实际行动呢！想到此，正好行至奎河边，他一把将自行车丢进了奎河里，然后一身轻松地出了城，步行回家。七八十里路，他整整走了一夜，到第二天太阳出来，他才赶到学校，这是他长这么大走得最远的一次“长征”。

鸦片战争以后，帝国主义国家对华实行经济侵略，掏尽了中国人的腰包，危害中国民族工业的发展，已为中国广大人民所痛恨。但是帝国主义国家对中国的文化和教育侵略，却没有引起国人的普遍警惕。究其原因是帝国主义国家采取了间接的隐蔽形式，例如，英、美、法、日等帝国主义国家利用教会的名义，在华举办学校，开设医院，搞所谓的慈善事业，实际上都是为帝国主义服务的。帝国主义对华经济侵略的同时，大肆进行文化与教育的侵略。文化侵略是帝国主义推行殖民政策和对外扩张的重要手段。外国侵略势力在对中国进行军事、政治、经济侵略的同时，还以一系列以传教为中心的文化侵略开展活动。欧美的天主教和基督教、沙俄的东正教，在资本主义、帝国主义国家侵略中国的过程中充当了重要的角色。形形色色的教会组织披着慈善的外衣，深入中国城乡各地，在“传教”的掩护下，进行多方面的侵略活动。他们侵犯中国主权，干涉中国内政，霸占房屋田地，侮辱妇女，鱼肉乡里。一些传教士实际上是在中国各地搜集情报的间谍。与此同时，外国列强在中国开办了许多带着带有殖民地色彩的学校、医院和其他文化设施，企图从精神上奴化中国人民，从心理上征服中国民心，为他们培植在中国进行殖民统治服务的势力。有的还勾结封建官府，强购民宅，扩建教堂，欺压人民，群众怨声载道。

离永堌几十里路的宿县县立第二高等小学与临涣天主教堂只有一墙之隔。这年夏天，二高小朱焕业等同学在校内操场上打篮球，不慎将球扔到天主教堂的院子里。如果从学校出去，再到天主教堂的院子里拾球，需要走很长一段路。朱焕业未加思考，就翻过墙头到天主教堂的院子里捡球。不料被教堂的神父利马诺发现，硬说朱焕业翻墙头是为了偷东西，并将朱焕业逮住关押起来审讯。一起打球的学生找到利马诺神父解释，神父置之不理，校长陈海仙出面要人，他拒不理睬，不同意释放。进步学生朱务平闻讯后，立即主持召开二高小学生会执行委员会议，决定发动全校学生举行游行示威，反对外国神父私自关押学生和侵犯人权的违法行为。他们沿途高喊：“打倒帝国主义分子利马诺！”“反对帝国主义分子利马诺私自关押学生！”“不准帝国主义分子利马诺侵犯中国人权！”“帝国主义分子利马诺滚出中国！”当游行队伍到达天主教堂门前时，朱务平带领高年级学生冲进教堂，救出了朱焕业。之后，游行队伍又到临涣团防局请愿，要求严惩违反中国法律的帝国主义分子利马诺。这次反对临涣天主教会的斗争取得了完全的胜利。“五四”运动之后，有识之士已经认识到帝国主义国家对华实行文化教育侵略的害处，反对洋人在中国开办学校。

传教士的脚步也丈量到了萧县永堌镇。

1922年3月，几个黄头发蓝眼睛，不知是美国还是俄国的传教士，看中了永堌寨子南门里的一处地方，准备在那里建一座教堂。首先知道这个消息的是陈履真，那天他刚从家中拿干粮回学校，走到寨子南门的时候，看到那儿围了许多人，几个洋鬼子正在那里用生硬的中国话说着建教堂的事情，看到许多小孩子围着他们，他们便从身上掏出来花花绿绿的糖果，给孩子们吃。上次在徐州参加示威游行，陈履真看到了这些传教士从文化上奴役中国人的真面目，回到学校之后，他立即去找校长刘亚民汇报此事。他知道刘亚民这个大学生校长思想先进，是个不同于一般人的进步人士。他觉得他会管此事的。校长刘亚民听说之后，当即召集镇子上的群众开会，他告诉村民，这是帝国主义在思想上、文化上对我们的侵略，决不能将土地卖给这些洋鬼子建教堂，决不能让他们实现从思想上奴役民众的美梦。接着，刘亚民去到永堌镇上区公所找自己的亲哥哥刘秉周区长说理。看到自己弟弟怒气冲冲的样子，刘秉周不知道发生了什么事情，当他知道是为了建教堂的事情，不气反而笑了，他说洋鬼子在这儿建教堂是好事情啊，他们买地出的价钱比其他人高出好几倍，我为什么要反对呢？更何况，他们将来建好了教堂还准备建一所基督学校呢，为我们当地培养人才，这是对我们永堌教育上的支持呢，我为什么要反对呢！我为什么要阻拦呢！感激他们还来不及呢！刘亚民心平气和地给他的哥哥讲起了大道理，从鸦片战争讲到了“五四”运动，从中国的封建主义讲到了西方的资本主义。而刘秉周还是强词夺理，不明确表态。刘亚民一赌气离开了区公所。第二天，那几个洋鬼子传教士正拿着图纸在南门里划地，刘亚民让陈履真通知高年级的学生集合，然后打着横幅，先在镇子里张贴标语，然后带领学生在大街上游行示威，高呼“打倒帝国主义”“坚决反对在永堌将教堂”“不允许传教徒奴化中国人民”等口号。几个传教士见势不妙，吓得狼狈逃窜。后来听说，那些传教士连留在区公所买地的定金都没敢去取。

从那以后，他们再没有踏进永堌镇一步。

第三章
风起云涌的省立第七师范

1922 年 9 月，还没从永堌高等小学毕业的陈履真，就已经以优异的成绩，考取了徐州省立第七师范学校，圆了自己多年的梦想。他是龙虎峪村走出去的第一个大学生。

省立第七师范学校，创办于清光绪三十二年，即公元 1906 年，招收徐州八县（丰县、沛县、萧县、砀山县、铜山县、睢宁县、邳县、宿迁县）本地的高小学生。学生一律住校，食宿免费，开设有修身、教育、中国文学、历史、地理、算学、格致、图画、体操等课程。这么多的学习课程，对于渴望得到更多知识的陈履真来讲，不但提高了他的学习兴趣，也开拓了他的眼界。同宿舍的老乡穆林青也是个好求上进的学生，他家住在萧县第四区穆寨乡。两人兴趣相投，积极进取，很能谈得来。

入校后不久，陈履真写了一篇作文，在全校引起了轰动，班主任陈雪尘老师在作文最后的批语写道：横扫千军。并将这篇作文在全班作为范文通读。后来，陈老师还将这篇作文张贴到学校的阅报栏里。

阅读进步书籍　投身革命洪流

"五四"以后，省立第七师范学校多数学生，因校内阅报室只有两份报纸，根本不能满足同学们的阅读需要，就自发组织"群益阅书会"，会员达三四十人，公推邳县籍学生解步尧（解慕唐）为会长。该会以专门订阅国内新出书籍、研究新学理、灌输新思潮为宗旨，所订书报为《新中国》《新青年》《新教育》《新潮》《少年中国》《民国杂志》《建设》《解放与改造》《实事新报》《民国日报》等。这些进步刊物在青年学生中的传播，极大地促进了他们的思想解放和观念更新。批判旧思想、旧文化，要求民主，崇尚科学，探索救国救民途径的活动逐步开展起来。具有先进民主主义思想的周水平从日本留学归国，到铜山师范任教导主任，积极推动徐州青年学生的进步活动。

1920 年 1 月，徐州青年学生组织"自我改造社"并召开成员会议，讨论决定了四件事，打算在寒假期间实行：一是发行日刊，用浅显的文字介绍新文化，批判旧社会，使广大民众有所觉悟；二是演新剧，提高爱国热情，鼓动改造社会；三是组织书报贩卖团，代销各地的新出版物，既宣扬文化，又促进本城各书局觉悟；四是扩充义务学校，由各县和各乡镇学生回原籍办短期义务学校，使农民增长国民常识。3 月 8 日，徐州学生联合会会长高竟成、评议部部长焦星垣带领进步学生在第七师范学校开演新剧，用这种形式警醒国人。

1920 年 3 月，李大钊、邓中夏在北京大学秘密创立马克思学说研究会，该会的成员陈德荣等来徐州，找到第七师范的学生陈家安（又名陈亚峰，铜山棠张人）。陈家安家境贫寒，小时候上不起学，家里就请一个秀才亲戚晚上来教他，一个星期只来一次，免收学费。十三岁时他到棠张小学读书，成绩优异，终因家中贫穷学费无着而辍学。后经老师耿明达的努力活动，才由本村两个大户周茂元（开酒坊和油坊）和魏老超（在徐州开洋钱庄）出钱，供给他上学。小学毕业后，他报考了免费的江苏省立第七师范。陈德荣在七师秘密成立了马克思学说研究小组，成员有陈家安、解慕唐、徐怀云、苏鸿鉴、张继超、郭邦清、冷启英等十多个人。以后马克思学说研究小组经常与北京大学马克思学说研究会取得联系，北京不断寄来有关共产主义的各种书刊，也经常派人到徐州了解情况，进行指导。马克思学说研究小组的任务是学习和宣传马克思学说。后来，小组向校外扩展，吸收了徐州第十中学石民宗、徐文雅及私立徐州中学李广琛等参加。

1921年春，为了更有力地开展马克思主义的传播活动，徐州马克思学说研究小组成员发起成立了公开组织——“赤潮社”。当时李大钊在一篇文章中论述俄国十月革命的胜利时说：“试看将来的环球，必是赤旗的世界”，“这种社会革命的潮流，虽然发轫于德、俄，蔓延于中欧，将来必至弥漫于世界。”“赤潮社”的命名即取此意，“赤潮”喻指共产主义运动，参加者有陈家安等三十多人。在马克思学说研究小组的领导下，赤潮社开展了公开传播马克思主义的多项活动。

《赤潮》旬刊是徐州第一个公开宣传马克思主义的刊物，由陈家安主笔，赤潮社成员供稿。《赤潮》以宣传共产主义理论与反帝反封建思想，提倡科学与民主，提倡白话文和新体诗，要求改革教育和教育内容等为宗旨，同盟会会员留日学生刘炳辰为该刊撰写发刊词：“赤潮！赤潮！你终于诞生了。怪不得，红光满天，赤地万里，五洲震荡，四海动摇，是劳苦大众的鲜血在沸腾，是革命志士的怒火在燃烧……”

《赤潮》每期印五六百份，在徐州地区影响很大，甚至发行到外地。当时的军阀、徐州镇守使陈调元对此惶恐不安，亲自带一连士兵到第七师范学校恐吓，并勒令学校开除办刊物的学生，如果胆敢再出刊物，一定绳之以法。所以刊物出了四期之后，便被停刊了。

这天晚上，穆林青神神秘秘地将陈履真约到学校对面的魁星楼，从怀里掏出一个石印的小册子，交给陈履真说，凤乔，这个小册子你看看。陈履真接过来借着灯光一看，封面印着“赤潮”两个大字。陈履真下意识地望一眼周围，问穆林青，你在哪里搞到的？穆林青说，是小老鼠给我看的。小老鼠是张成秀的外号，张成秀也是他俩一个宿舍的，是铜山侯集人。《赤潮》旬刊属于禁书。陈履真刚来学校不久就听说了这个事情。没有想到，现在还能见到这本小册子，实属不易。穆林青告诉陈履真，绝不能在学校里看，要看只能外面看。陈履真每天吃过晚饭便与穆林青来到魁星楼，在魁星像前的烛光下偷看。虽然光线有些微弱，心中却感到亮堂得很。不过，他们看后，不敢将小册子带回学校，看后就塞在魁星像下面的洞穴里藏起来，第二晚再来看。一本薄薄的小册子，陈履真与穆林青已记不清看了多少遍。

在这本《赤潮》小册子里，有这么两则重要消息：

1922 年 6 月 15 日，中共中央发表《中国共产党对于时局的主张》，指出：国际帝国主义和封建军阀的压迫，是中国内忧外患的源泉，也是人民受痛苦的源泉，必须用革命的手段取消列强在华各种特权，肃清军阀，保障人民的自由权利。主张建立一个民主主义的联合阵线，共同反对列强和封建军阀的双重压迫。

1922 年 7 月 16 日至 23 日，中国共产党第二次全国代表大会在上海召开。出席代表陈独秀、蔡和森、邓中夏、张国焘、李达、高君宇、施存统等十二人，代表一百九十五名党员。会议讨论通过了关于《世界大势与中国共产党》《国际帝国主义与中国和中国共产党》《民主的联合阵线》《中国共产党加入第三国际》《议会行动》《工会运动与共产党》《少年运动问题》《妇女运动》《共产党的组织章程》等决议案和《中国共产党章程》，发表了《中国共产党第二次全国代表大会宣言》。大会制定了“消除内乱，打倒军阀，建立国内和平，推翻国际帝国主义的压迫，达到中华民族完全独立，统一中国为真正的民主共和国；然后再进一步创造条件，以实现党的最高纲领：建立劳农专政的政治，铲除私有财产制度，渐次达到共产主义”的纲领。这是中国近代史上第一个彻底的反帝反封建的民主纲领，为中国人民的革命斗争指明了方向……

这是陈履真第一次知道了“中国共产党”这个名词。

1923年2月1日，京汉铁路工人决定在郑州召开总工会成立大会，徐州铁路工会应邀派刁玉祥、徐洪山、刘继贤三人为代表，携带匾额前往祝贺。军阀吴佩孚禁止开会，派军警砸了匾额，捣毁了会场。工人奋起斗争，徐州三名代表参加了这场斗争。2月4日，京汉跌路全路举行了罢工。吴佩孚在帝国主义支持下，于7日在长辛店、郑州、汉口等地对罢工工人实行了血腥镇压，打死五十人，打伤三百多人，逮捕四十余人，工人被开除一千多人，制造了震惊中外的“二七”惨案。徐州三名代表回徐后，向工会汇报了“二七”惨案的经过，激起了徐州铁路工人极大的愤慨，在中国共产党的领导下，徐州铁路工人立即举行同情罢工，向全国发表了声援电。为援助“二七”惨案中遇难的烈士亲属，在工人群众中开展了八个月“每人每月一角钱”的募捐活动。后中共陇海铁路铜上站支部书记姚佐唐率两路工会负责人携带捐款至郑州向京汉铁路工人慰问。

4月3日，省立第七师范等七所学校，千余人举行示威游行，声援京汉铁路，并打出“打倒军阀”“反对帝国主义侵略”“反对日本拒绝取消‘二十一条’、不肯交还旅顺大连的帝国主义行径”的标语口号，沿途演讲，散发传单。

头天晚上，陈履真和穆林青几乎一夜未睡，两人亲自执笔书写传单，第二天一早，又跟着游行队伍跑了大半天，两人都异常兴奋。特别是陈履真，两年前那次示威游行，自己还是个“混”进学生队伍的外地学生，这次则不同了，不但是真正的一分子，而且此次游行还是第七师范学校挑头主办的，所以他是以一个主人翁的姿态出现在游行队伍中的，连早饭都没顾上吃，一直到当天的傍晚，还没觉得饿。

几天之后即 4 月 10 日，铜山各界团体三万余人在徐州东关车站球场召开了对日外交国民大会，决议电请北京政府和全国，一致力争收回“旅大”，拒绝“二十一条”，下午举行了游行。陈履真听到了这个消息，约同学穆林青一起和班主任陈雪尘告了假，陈老师还给他们出主意，谎称是生病了，写了张病假条，以防备学校追查。他们俩跑到车站球场，带去许多自制的五颜六色小旗子，发给游行的群众，并参与游行，回到学校时已经很晚，晚自习都开始上了，两人连晚饭都没有顾上吃，便直接去了课堂。

下了晚自习，陈履真和穆林青被班主任陈雪尘留下了，趁人不注意，陈老师偷偷塞给他们两个白面馒头，两人在暗处啃着凉馒头，心里头却热乎得很。后来知道，陈雪尘老师也是萧县人，两人在心里暗暗发誓，将来有出息了，一定报答陈雪尘老师的恩情。

1923 年暑假前夕，陈履真听到了一个消息，说是在培心中学有个叫朱务平的学生，在徐州学生中组织成立了一个组织，名曰“群化团”。起初，陈履真也不清楚“群化团”是干什么的。经过进一步打听，这才知道，“群化团”宗旨为：一是群策群力，互助友爱，加强团结；二是求进步，求知识，平等自由，发展组织，壮大力量；三是在最短时间内，创立自己的势力来对抗封建势力。后来又吸收一部分工人农民群众中的积极分子参加，人员迅速增加到一两千人。对于朱务平这个名字，陈履真并不陌生，在永堌读书时就听说他带头大闹教堂的故事。仔细一打听，才晓得他的一些情况。1899 年，朱务平出生于宿县临涣镇朱小楼村的一个农民家庭。朱务平的祖父参加过捻军，他是听着陈胜、吴广以及祖父的斗争故事长大的，他目睹了豪绅地主为祸乡里的恶行，从小就嫉恶如仇，充满正义感。在学校，他较早地接触了《新青年》《每周评论》等进步刊物，积极投身于“五四”运动，与封建校长斗争，智斗县知事，特别是在培心中学上学之后，又与洋校长作斗争。徐州培心中学的校长是美国籍基督教传教士安士东，学校里的规章制度、洋校长的一言一行都带着帝国主义色彩。他笃信帝国主义霸权，瞧不起中国人，专横跋扈，严禁师生自由，不准师生参加社会活动，强迫师生读《圣经》做礼拜，不遵守中国法律、政令，对学生实行奴隶教育，把培心中学变成独立王国。经过思索，朱务平认为，仅靠少数人的斗争，不可能阻止帝国主义国家的文化侵略，必须唤醒国民起来共同奋斗。

陈履真正准备抽时间去培心中学接触一下朱务平，恰巧，徐州国民外交后援会和徐州学生联合会在津浦铁路徐州广场联合召开纪念“五九国耻日”大会。参加大会的除了徐州各校师生，还有徐州各界人士和机关、团体的代表，约五千多人。国民党铜山县党部负责人顾子扬主持大会，吴亚鲁（后来听说是三女师的老师）和朱务平分别代表徐州省立第三女子师范学校和培心中学在会上发了言。在这个特别的日子，他们两人意外相遇了。因为朱务平要组织队伍游行，两人匆匆一面说了句话就分手了。他们俩再次相遇并成为一个战壕的战友，那是在七八年之后。不过，中等身材有着高度近视的朱务平和他那忠厚老实的形象在陈履真的脑海里留下了深刻的印象。后来听说，“五九国耻纪念大会”之后，徐州培心中学又发生了一场大的斗争。5月11日这天，一直为朱务平等师生参加“五九国耻纪念大会”憋了几天闷气的校长安士东以饭堂混乱为借口，找学生的事，继而泼口大骂：“你们中国学生是‘土匪’‘走兽’。你们骂日本人不好，你们还不如日本人！不如日本把你们中国灭了！”当天晚上，安士东又借教师不做礼拜为由，又将教师骂了一通。安士东的蛮横无理和辱骂中国人的行为引起全校师生强烈不满，朱务平抓住群情激奋的时机，约马汝良等几个同学与校长安士东理论。朱务平以愤怒的语气指着安士东说：“教育是培养人格，你反而摧残人格！你名为办教育，暗中却用奴隶教育侵略！你口口声声说你们美国待中国好，长江联驻美军是待中国好吗？提倡共管中国铁路是待中国好吗？广东军舰示威是待中国好吗？供给北洋军阀经济支持和枪支弹药，还有临城案十六国协同侵略，都是待中国好吗?”朱务平义正词严的质问使安士东无言以对，只好收起洋校长的威风，夹着尾巴逃走了。

1924年5月25日，为了向国人揭示教会在华办学校的危害，朱务平结合自己斗争的实践，撰写了《徐州教会学生奋斗的经过》一文，发表在中共中央机关报《向导》上面，产生了广泛的影响。

《向导》是中共中央机关刊物，1922年2月正式出版，每周一期，蔡和森任主编。《向导》以宣传党的民主革命纲领，指导反帝反封建的革命斗争，批判各种错误的政治主张，促进民主联合战线的建立为宗旨。

一个偶然的机会，陈履真在《向导》第七十四期上读到了这篇文章，从中拣主要的段落抄录了下来：

……忽然，来了几个洋大人，各持手枪，将洋校长领走了。同学计划进行，次日早晨开会，议决条件要求：一、永远不准校长打人骂人；二、准学生成立自治会；三、校规须由自治会和教员重新定；四、开除三个洋狗派教员；五、膳务自理。又立誓词：“愿牺牲奴隶教育，争取人格，坚持以上条件到底。”……

这次失败，同学心理不一致，可分三派：1. 奋斗派；2. 观望派；3. 洋狗派。观望和洋狗两派是反奋斗，不足挂齿，就是这百分之十的奋斗派思想还不一致；有的以为对于教会学校，只要破坏不要建设；有的以为改良还在此校读书，竟没十分感觉到奴隶教育的痛苦！

唉！奋斗的手段同而目的不同，心理这么样复杂，目的这么样不同，怎能不失败！

纵观洋校长对中国学生说的话，足以证明教育侵略的真相毕露。去年上海三育大学，洋校长对学生说：“既在教会学校读书，应当断绝国家关系，爱国二字绝无存在之余地。”今年广州圣三一学校，杨校长对学生说：“这是英国的学校，有英领在广州，断不能寻你的请，任你们中国人自由。”今年五月九日，南京金陵大学洋校长对学生说：“既入教会学校读书，还有什么国耻呢？”这次培心中学洋校长发威风说：“你可到官方学校读书，以后可爱你们中国，教会学校哪能容你？”

外国教育阴谋，这样明显！自负教育领袖的先生们，不做（作）一声！自负救国的青年们（除教会学生以外），也一声不做（作）！唉，中国不亡，更待何时！严格说来，不唯教会学校能亡中国，中国自办的学校，也能亡中国（东方文化派，灵园新诗派）！我希望教会学校的同学，群起破坏教会学校！我更希望全中国同学，群起帮助教会学校的同学并群起改良中国自办的学校！

陈履真深深为朱务平这种敢和外国洋校长作斗争的精神而感动，国外各种教会打着为中国培养人才的旗号在中国办学，其实就是在奴化中国人民——让中国人不爱国，而去爱他们的国家，这不是奴化中国人民又是什么？ 而一些青年却麻木不仁，因为教会办学不收学费，还提供饭食甚至校服，所以中国的学生，不敢起来与教会学校作斗争，即便是有苦也不敢作声。 腰也挺不起来，一句话，就是怕得罪校方而使自己失学。 有这种思想作祟，才会出现所谓奋斗派、观望派和洋狗派。 所以朱务平沉痛地说“中国不亡，更待何时”！ 是的，中国的青年，只有大家团结起来，一起来与外国教会学校作斗争，不被他们奴化，反对洋学校奴化人民，中国的教育才会有希望，中国才会有希望强大起来。

陈履真现在回想起来，上徐州读师范之前，刘亚民驱赶基督教在永堌寨开办学校是何等正确啊，现在他真正认识到，从某种意义上来讲，刘亚民的举动是值得称道的。 假如各地的有识之士都能像刘亚民那样，那么，中国青年就不会遭受洋人的奴化教育了！

刘亚民的确与别人不一样，他抛弃丰裕的生活，站在广大的劳苦大众一边，在他身上有一种进步的力量存在，澎湃和引导着周围的群众。 他到底是一个什么样的人呢？ 一时半会，陈履真还有些想不透彻。

铜山红枪会攻打徐州城

第一次直奉战争结束后，直系军阀控制了北京政权，积极推行其企图以武力统一中国的政策。奉系军阀也尽力扩军备战，准备再次与直系争夺中央政权。

1924年9月，直系江苏军阀齐燮元与皖系浙江军阀卢永祥爆发了浙江战争。9月3日，张作霖通电谴责曹、吴(即直系)攻浙，并以援助卢永祥为名，组织“镇威军”，自任总司令，将奉军编为六个军总兵力约十五万人，于9月15日分路向榆关(即山海关)、赤峰、承德方向进发，第二次直奉战争爆发。

10月23日，冯玉祥、胡景翼、孙岳等人，联名发出了呼吁和平的漾电，发动“北京政变”。推翻了直系贿选总统曹锟的反动统治，占领了北京。25日，冯玉祥等人在北京北苑举行会议，决定组织中华民国国民军，推冯玉祥为总司令兼第一军军长，胡、孙二人分任副总司令兼第二、第三两军军长。“北京政变”后，吴佩孚把前线指挥交给张福来主持，亲率其嫡系第三师、第二十六师各一部，共约七八千人，于10月25日乘车回救北京。26日，吴佩孚命令部队开往杨村一线布防，对冯军采取守势；企图等齐燮元、孙传芳的军队沿津浦铁路北上，李济琛、萧耀南的部队由京汉铁路南来，再在这两路援军的支援下，从冯玉祥的控制下夺回北京。到10月28日，由平泉、冷口入关的奉军张宗昌部，攻占滦州，截断了榆关直军的退路和榆关、天津之间的交通线，直军纷纷溃退。31日，奉军占领了榆关和秦皇岛，缴获直军的枪支达三万余件。直军主力丧失殆尽。从10月31日到11月2日，冯军先后攻占了杨村和北仓，并俘虏了北上援吴的鲁军旅长潘鸿钧。吴佩孚见大势已去，率残部两千余人由塘沽登舰南逃。

为了反对奉军南下，1924年11月，铜山红枪会发起武装暴动，攻打徐州城。

20世纪20年代的中国，军阀混战，天灾人祸，使得地处中原的河南大地匪患猖獗，民不聊生，于是各种民间会社等农民组织纷纷成立，红枪会就是其中最有代表性的一支。红枪会广泛活跃于河南、山东、直隶（特指今河北省）、陕西等北方省份，尤以河南最为炽烈，其人数极盛时有上百万之说，它的产生对近代北方的政治、经济和社会生活产生了重要影响。红枪会作为自卫保家的武装或半武装的组织，在一定程度上起到了保家自卫作用，它的产生与发展，是中国军阀割据政治在基层农村社会的表现。20 世纪 30 年代红枪会在河南蓬勃发展，一度控制了很多县及县以下的农村基层政权，对河南社会产生了重大影响。由于红枪会是自发的农民武装自卫团体，所以其武器一般都比较简单，大部分主要是一种枪身木制、枪头钢锥、中间饰以红丝线的红缨长枪，当会众手持红缨长枪齐聚时，放眼望去，一片红色，故名“红枪会”。红枪会是军阀政治下的产物，是一般中小农民不堪贪官污吏之搜刮、苛捐杂税之剥削、军阀战争之破坏、土匪溃兵之骚扰，以及受帝国主义经济侵略之破产、土豪劣绅之鱼肉而自发组织起来的。

红枪会的兴起具有深刻的社会原因，它主要是在军阀、官僚、地主压迫之下的中国农民，因没有出路而自发产生的一种民间武装自卫组织。红枪会往往以一个较大的自然村落中的青壮年农民组成一个基本单位——堂，每堂人数有几十人或几百人不等。各堂之间有着较为松散的联防关系，多以枪会首领间串联而形成联盟。红枪会虽然是由农民组成的自卫组织，但是它并不是农民自己的阶级组织，既没有明确的政治纲领，更没有先进阶级的思想指南，它只是广大农村中各阶层农民的武装结社。红枪会是在军阀混战、土匪横行、自然灾害频发等特定的历史条件下产生的。

徐州红枪会的兴起是在河南之后，当时毛泽东在《江浙农民的痛苦及其反抗运动》一文中这样描述：“江苏农民中江北徐海一带算是最苦，红枪会、连庄会到处皆是，农村各种争斗，比他处更多，屡述不尽。”徐州铜山县东乡北乡等处，地势洼下，庄稼十年九不收。老百姓的日子十分凄惨愁苦。天灾之外，同时还有横征暴敛之军阀贪官与重租重利之劣绅地主，层层敲诈盘剥。农民运动兴起，铜山县境东部红枪会会员一度发展到上万人，俱备有枪械，为了抗捐，迭次与保卫团、县警队交锋。

这日晚，红枪会借奉军南下之由，向徐州四门发动进攻，据一个打更更夫描述，当时他打更到了南门，他在南门目睹了红枪会攻城的全过程，红枪会的队员都是光着上身，脑门上全部是扎着一根红布条，两只手腕上也是扎着红布条，一只手攥着拳头，另一只手握着大刀，也有的持一杆红缨枪扛在肩上，双目圆睁，挺着胸脯，口中喊着“刀枪不入”，大踏步向城门走，如入无人之地，全然不顾城楼上的守卫士兵手中的钢枪。起初守城门的士兵，的确被红枪会的阵势给吓住了，连手中的武器都拿不稳了，眼瞅着红枪会的队员顺梯子往城墙上攀爬。后来，有胆大的士兵放了一枪，一个红枪会队员应声倒地没命了，城门上这才知道原来红枪会喊的“刀枪不入”是骗人的，如梦方醒，接着一起向红枪会放枪。红枪会终因准备不足，牺牲一百多人而惨败。

一夜枪声，第二天早晨，陈履真才听说红枪会攻打徐州城之说。连早饭也没顾上吃，他与穆林青专门跑到南城门去查看。空气里还弥漫着硝烟的味道，城墙附近依稀看见有鲜血的痕迹，可是红枪会的踪迹却荡然无存。这是陈履真第一次受到枪炮的洗礼，可惜只闻枪炮声，却未见战争场面。太阳从东方照常升起，城内的店铺也正常开业，人们多了一些交头接耳的动作，并没有任何变化，生活也没有受到任何影响。红枪会的这场暴动，犹如一颗石子丢到了湖中，只是泛起了一圈圈涟漪，瞬间消失殆尽。

五卅惨案传到徐州

1925年5月30日，上海学生两千余人在租界内散发传单，发表演说，抗议日本纱厂资本家镇压工人大罢工、打死工人顾正红，声援工人，并号召收回租界，被英国巡捕逮捕一百余人。下午万余群众聚集在英租界南京路老闸巡捕房门首，要求释放被捕学生，高呼“打倒帝国主义”等口号。英国巡捕竟开枪射击，当场打死十三人，重伤数十人，逮捕一百五十余人，造成震惊中外的五卅惨案。

6月6日，中共中央为五卅惨案发表《中国共产党为反对帝国主义野蛮残暴的大屠杀告全国民众》的文告，指出上海大屠杀是英、日帝国主义合谋的政治事件。提出“打倒野蛮残暴的帝国主义！“各阶级联合战线万岁！”“中国民族解放万岁！”等口号。

据当时报载：恽代英在南京东南大学发表题为《五卅运动》的演讲，指出全国各界应组织统一领导机关，宣告废除一切不平等条约，取消思想上奴役中国青年的教会教育，号召青年把反对上海五卅惨案的运动，变为全国民众长期与帝国主义斗争的运动，并严防帝国主义及其走狗的造谣污蔑和阴谋。

据当时报载：镇江小学教师王宗培，在江边演讲五卅惨案经过，讲至帝国主义军警枪杀同胞时，痛哭流涕，然后投江自杀。之后，镇江民众抬着王宗培的灵柩在市区游行，镇江全市再次掀起反帝高潮。

五卅惨案发生后，6月7日上午八点，徐州省立七师、省立十中、徐州中学、铜山师范及各高初级小学共四十余校五千多人集合在三女师操场，举行示威游行。游行队伍九时从省立徐州三女师出发，经北门街、县署街、西门街、石牌坊街、二府街、兴隆街，出南门，绕过津浦路车站，由北马路进入东门，经察院街、中道街、鼓楼复回原处。游行队伍一路旗帜招展，传单纷飞，并高呼：“援助上海同胞于不顾人道的奋斗。”声震徐州城。随之，《唤醒国魂》之歌响遍古彭城大地：

国魂胡不归？
痛帝国主义之淫威！
国魂胡不归？
痛资本主义之淫威！

黄浦江上之血，

莫不是尔归来之旗？

淫威乎淫威？

吾国魂不受指挥。

……

在游行队伍中，陈履真发现徐州三女师有两个长得十分出众的女学生，两人身材高挑，都是齐耳短发，眼睛大大的，都是身穿丝光蓝的旗袍，白色高筒丝袜，黑织贡呢带襻圆口布鞋。她俩喊的口号特别响，也特别脆，陈履真就特别地留意了她们一眼，就这一眼，给正在青春期的陈履真留下了很深也难以释怀的印象。回到学校之后，他的脑海里还在想着那两个长得极为相似的两个女学生，两人一举一动，连振臂高呼口号的样子都是那么协调一致。难道说她们是孪生姊妹吗？陈履真长这么大，第一次对女孩子这么在意、这么难忘。晚上他翻来覆去地睡不着觉，他自己在心里问自己，难道说，这就是书中所说的一见钟情吗……

陈履真后来听说，学生游行之后一周后，即6月13日上午九时，徐州各界在东关外黄河滩足球场召开国民外交大会，到会约三万余人，徐州中学校长顾子扬为大会临时主席。他报告了五卅惨案的经过，并提议：一、电执政及外交部，促其严重交涉；二、各学校各团体赶快募捐，接济上海工人，抚恤伤亡同胞。接着各界演说。最后全场高呼“收回租界，收回领事裁判权”“取消不平等条约”“中华民国万岁”等口号。会后又举行游行。那天，因七师也在校内举行活动，所以他没有参加。一整天他都在想，徐州三女师去没去呢？还有那两个漂亮的女学生参没参加当日的国民外交大会呢？

1926年3月12日，国民党铜山县党部主持召开“孙中山逝世一周年纪念大会”，一些青年学生借此机会上街演讲、游行。陈履真与穆林青两人掏光身上所有钱，买来彩纸，制作传单和小旗子，分发给民众，大力宣传讨吴（吴佩孚）反奉（张作霖），反对英、日帝国主义侵略。

3月中旬，北京总工会等社会团体和各大院校学生五千余人集合在天安门前，抗议“八国最后通牒”，声讨日舰炮轰大沽口，遭到反动军警镇压，造成死四十三人、伤两百余人的“三一八”惨案。消息传来徐州，各界无不义愤至极，纷纷起来声援北京。当局对此严加戒备，不准学生集会声援，各中小学布满暗探，监视学生行动，信件也加以检查。省立徐州三女师和省立七师作为重点对象，专门派有巡官巡察监视。陈履真那天推说头疼请假去医院瞧病，独自上街与民众一起游行。

北伐军来了

1926年7月，北伐事起。

国民革命运动蓬勃发展，使帝国主义和各大军阀十分恐惧，日、法、美三国供给奉系军阀集团24.4万支步枪，1.5万支马枪，7000万发子弹，4架飞机及其他武器。目的十分明确，就想让中国成为它们的殖民地。

自辛亥革命失败后，孙中山及其领导的革命党人，继续从事民主革命活动，为中国的民族独立、民主共和、富强统一而奋斗不息。俄国十月革命成功，孙中山深受启发，从而明确了反对帝国主义和封建军阀的民主革命任务。1919年，孙中山将中华革命党改组为中国国民党。在共产国际和苏联代表的帮助下，中国国民党和当时崛起于政治舞台的中国共产党实现了合作，拉开了轰轰烈烈的大革命帷幕。

1916年袁世凯死后，北洋军阀分裂为直、皖两系，奉系军阀和其他地方军阀也相继形成。各军阀间为争夺地盘、扩充实力，连年混战，民不聊生。打倒北洋军阀，结束封建军阀的黑暗统治，已成为中国人民的迫切要求。

1924年1月，中国国民党在广州举行第一次全国代表大会，实行联俄容共政策，与苏联和中国共产党合作。在苏联帮助下，国民党组建了以蒋介石为校长的黄埔军校，为中国革命培养了大批军事政治人才。在打败陈炯明后，1925年，孙中山在广州改组大元帅府为国民政府，以黄埔军校组建国民革命军，准备北伐。北伐的目的是打倒帝国主义，推翻军阀，统一中国；北伐的对象则是吴佩孚、孙传芳、张作霖。当时军阀三方的兵力为七十五万，而北伐军仅有十万之兵。

1926年，军阀孙传芳打败奉军，进驻徐州。十八军军长夏超暗通北伐军，孙传芳让陈仪取而代之，暗地陈仪继续与北伐军保持联络，被中国国民党委任为国民革命军十九路军军长，留驻徐州。部队驻扎在徐州各中小学校。

这一年夏，军阀张作霖、张宗昌直鲁联军二十五万集结徐州，准备抵抗北伐军。打算毕业之后在徐州找份差事的陈履真不得不打消这个念头，暂时回家等待时机。

1927年春，军阀摩擦混战不止。5月北伐军攻抵徐州，经过激战，于6月进占徐州。然而在8月，十九路军南下复占徐州。12月，北伐军再占徐州。

徐州城内，炮火连天，子弹横飞，一片废墟……

受到战争形势的鼓舞，在家赋闲几月的陈履真再也待不下去了，他找到同学穆林青，两人相约结伴去南京，准备去投北伐军干一番大事业。到南京之后，还没等他俩站稳脚跟，北伐军却退却了，他们俩身上所带的盘缠也几乎花光了，没有办法，两人不得不到当时由国民党设立的江北避难同乡会暂避，寻求下一步打算。不久，经一个朋友介绍，陈履真与穆林青在江苏省监委会谋到一份差事。

眼看到了深秋，天气逐渐寒冷，每逢周日，陈履真都会到江北同乡会转一转，想看看有什么事情需要做的。当他看到许多避难的同乡衣着单薄时，便将自己的衣服脱下来，送给他们御寒。又回到单位劝说周围的朋友和单位同事捐出衣物，帮助同乡渡过难关。这一天，陈履真正在同乡会照顾一个生病的同乡，忽然一个熟悉的身影从他身边走过，他忍不住叫出声来："刘亚民校长，是你吗？"刘亚民转过脸来，也认出了陈履真："履真，怎么是你啊？ 你毕业了吗？"陈履真回答："去年刚毕业。"陈履真毕业回家之后曾听说刘亚民考入了黄埔军校，没想到在这儿见面了。 原来刘亚民在 1926 年考入了中央政治军事学校之后，不久加入了共产党。 1927 年 5 月，参加讨伐夏斗寅部叛乱，黄埔第六期学生被编为中央独立师，归叶挺指挥，由于当时执行的是右倾错误政策，把中央军从前线调回，糊里糊涂地被解除了武装。 后又与徐州同乡同学宋绮云随军队到达江西九江，准备前去参加"八一"南昌起义，由于敌人严密封锁，未能赶到，于是组织决定：凡是暴露身份的共产党员，立即离开部队。 刘亚民没有办法，于是转赴南京，避居在南京金陵大学。 不料被坏人出卖，一度被押送到南京中央模范监狱，后被朋友保释出狱。 出狱之后，刘亚民得知徐州被军阀孙传芳军队占领，不能回去，又参加了江北避难同乡会，他在同乡会中组织了一个读书会，宣传三民主义，反对蒋介石叛变革命，引导同乡同情革命，拥护共产党。 等刘亚民介绍完了自己的情况，陈履真也将自己的近况简单地讲了一遍。 刘亚民说："我劝你，不要再去那个什么监委会干了，学了几年知识不白白糟蹋了吗？ 不如和我一起回萧县老家去，教书育人，做自己想做的事情有多好？"陈履真很高兴，当场答应了刘亚民："我明天就去单位辞职同你一起回去。"

第四章
回萧县参加革命斗争

回到萧县之后，刘亚民将陈履真介绍到他的老家永堌镇小学教书，又找来《新青年》等一些进步书刊让他研读。四年的徐州省立七师的革命思想的熏陶，使得陈履真对中国共产党有了进一步的了解和认识。他深深地以为，只有共产党才能救中国，所以他暗暗地下了决心，他要加入共产党，救国民于水深火热之中。

纵观历史，1840 年第一次鸦片战争，当时英国参战兵力只有一万五千人，而清军是二十万，结果清军失败了，死伤两万两千多人，而英军只伤亡五百多人。清政府除了租借香港，并开放上海、宁波、福州等五处口岸，而且签订了《南京条约》，赔偿两千一百万两白银。1856年第二次鸦片战争，英法参战兵力只有一万七千多人，清军二十万，结果清军伤亡两万多人，英法联军伤亡仅四百五十人，清政府割让九龙司给英国，签订《天津条约》，赔偿英法两国白银各八百万两。1900年，八国联军侵略中国，综合参战兵力总计一万八千多人（另有七千人的德国军队在海上没有赶到），而清军一二十万之众，还有太平军五六十万，却仍没有挡住八国联军的长驱直入，令其攻占了首都北京。清政府签订了《辛丑条约》，赔偿八国联军四亿五千万两白银，合中国当时的人口每人一两银子。为什么会这样？除了清政府腐败、衰落，那就是中国人太软弱，一盘散沙，所以任人宰割。过去中国广大民众深受封建主义的压迫，却不敢反抗，现在又受到帝国主义势力欺负，中国的老百姓太能忍受了。当务之急，只有打倒封建主义，打倒帝国主义，打倒军阀，国民才能过上不受压迫、不受欺负、不受侵略的生活。国强则民强，国衰则民衰，谁来唤醒民众起来革命？陈履真深刻认识到，只有共产党才能担当此重任。

这天，刚刚担任国民党萧县党部常委的刘亚民通知陈履真填表加入国民党的时候，陈履真一下愣住了，他老实地告诉刘亚民，我不参加国民党，我要参加的是中国共产党。刘亚民笑道，让你填表参加国民党只是个幌子，现在是国共合作时期，你先参加国民党，表面上是为国民党做事，暗地里却是干共产党的事业！再说，有国民党党部作掩护，共产党的地下工作也比较方便了！陈履真这才恍然大悟。

罢更斗争

陈履真在国民党县党部任职之后的第一件事就是去永堌镇组织农民罢更。

之前，刘亚民在萧县通过创办平民学校，秘密成立了农民协会，永堌、黄口、王寨农协会员达到一千多人，仅永堌就有农协会员三百多人。刘亚民组织农协会员读书识字，还向他们讲解三民主义，讲解帝国主义侵略中国及官僚军阀、地主豪绅压迫剥削人民，人民受帝国主义、地主豪绅和官僚军阀三重剥削的现状，号召广大人民要团结起来，推翻三座大山，自己当家做主人。

永堌镇的群众基础比较好，所以刘亚民让陈履真小试牛刀。有利的一面是，陈履真在那儿读过几年高等小学，又在那儿教过一段时间书，人脉关系不错。不利的一面是，陈履真面对的是区长刘秉周——刘亚民一母同胞的大哥。

永堌是个大镇，每天晚上，区里规定，住在街上的居民要轮流为有钱的富户值班打更，而打更的人没有任何酬劳，老百姓曾多次找到区里讨要说法。区长不但不理睬，还将带头闹事的人捆到区公所严刑拷打，因此民愤极大。老百姓敢怒不敢言。

陈履真到了永堌镇摸清楚情况之后，接着发动群众，以农民协会会员为基础，打着小红旗，高呼“穷人不给富人打更看家”“打更要给更粮”“反对剥削农民”等口号，游行队伍游了几条街，不断有群众加入，最后涌向区公所。刘秉周看到这么多人“闹事”，也觉得理亏，毕竟自家是个大地主，往日让群众无偿打更守夜，也的确做得有点不得民心，只好答应了群众的要求：一、穷人不给富人打更；二、打更要给更粮；三、穷人出入寨圩自由，不得搜查盘问。一向在地主豪绅面前大气不敢喘的农民第一次直起腰杆，觉醒起来的农民终于发现自己的力量是那么强大，是那么势不可当，他们终于明白，只要广大民众团结起来，总有一天会摧毁封建势力，自己当家做主人！

罢更胜利之后不几天，一向专横跋扈的区长刘秉周觉得在那么多人面前丢了面子，有点不甘心，伺机报复，派人将那天领头游行的几个人带到区公所“问话”。陈履真急忙将情况向刘亚民汇报。刘亚民听说之后急忙赶到永堌，当时刘秉周正在训斥农民代表，刘亚民坐在一旁据理力争，与大哥辩驳，刘秉周被驳斥得理屈词穷。本来自己做事就不得民心，说话也就不硬气，加之坐在自己面前的虽说是自己的亲兄弟，但他知道这个胞弟铁面无私，又是县党部的常委，是自己的顶头上司，于公于私都不能得罪，最后只有乖乖放人，此事才算平息。

第二天，陈履真告假回家中探视父母，晌午前后刚到家里坐下，还未与父母说几句话，刘亚民就托人捎来口信，说有要事让他赶快回党部。陈履真连顿饭都没有在家吃，又急急忙忙赶回县城。

草场村遇险

见到刘亚民之后，刘亚民随即给他安排了一个新任务。刘亚民告诉陈履真，第五行政区夹沟乡草场村近来匪患成灾，搅得周围几个乡的民众不得安宁，老百姓怨声载道，县党部研究决定，准备派兵剿灭这股土匪。可是，据说这股土匪依靠当地三面环山的地理环境，不太好对付。新去的第五区区长吃软怕硬，天天说是要剿匪，就是雷声大雨点小。你有文化，头脑好使，遇事能沉着冷静，所以党部研究决定，临时任命你为特派员，将这个任务安排给你，你明天带几个人去草场村探探虚实，掌握情况，以便以后派兵前去清剿。

第二天一早，陈履真带领张中英等七八个人，打扮成收山货的商人，骑着洋车子向草场村进发。

草场村三面环山。东南紧靠村庄的山叫陡峭山，山势甚险。东北叫鹰嘴山，再偏北叫爬山。南面是十里长山套，南接大五柳、钓鱼台山，西面是卧牛山。向北较空旷，北十里便是皇藏峪。

在唐宋时，草场村叫朱陈村，也叫杏花村，村中有两大姓——朱姓和陈姓。明初燕王朱棣北征时，发现这个地方适于屯兵，带着军队在这里驻扎下来，积草屯粮，朱陈村成了燕王的草料场，朱陈二姓被迫全部迁出，燕王请来母亲马皇后(孝慈皇后，新丰集人)之表舅武忠一家来此看管草料，从此“朱陈村”改名为“草场村”。

草场村南寨门内两株相距约二十米的千年古槐枝繁叶茂，传说以前朱陈两姓互通婚姻，为示婚盟，特在寨门内左右植两株槐树，表示婚姻永固，与山河同在。此习俗古已有之。

草场村村口有两间茅草房，门口村路旁搭了个凉棚，一老者在那里卖茶。六七月的天气，虽然靠山的村子比较凉爽，但因为赶路，加之骑车子有些快，陈履真几个人到了那里，每个人都是一脸的汗水。他们每人要了一碗茶水，想歇歇脚再做打算。陈履真边喝茶边与卖茶的老者攀谈起来。

陈履真说：“老先生，这个村子是叫草场村吗？”

卖茶的老者嘴里叼着烟袋，上下打量着陈履真，反问道：“你们几个是哪儿的人？”

陈履真摘下头上的礼帽，扇着风：“不远，铜山东乡的。”

老者又问：“你们来这里是……”

陈履真说：“我们是来收皮子的。”

老者哈哈一笑：“你们被骗了，我们草场村虽然紧靠大山，却没有皮子卖，我们这儿的村民从不打猎。”

陈履真装作懵懂的样子“哦”了一声。

老者磕了磕烟袋锅，又摁了一袋烟，用火绳点燃，边吸边又说道：“我看你们几个不像是收山货的！”

陈履真与同来的张中英对视一眼，笑道：“老先生真是好眼力，我们是串乡的，看有什么合适的就收什么。”少时又说道，“最近草场村这里安全吧？”

老者有些警惕：“你指的是哪方面？”

陈履真说：“最近听说附近好像闹土匪，是真的吗？”

老者摇摇头：“我们这儿乡风淳朴，从没有什么鸡鸣狗盗之事发生。”

陈履真起身付了茶钱，推说去村里转转看看有什么可收的，几个人推着车子顺着坑坑洼洼的碎石路向村里走去。

村中的房子是依山坡建的，村道是喇叭口形状，愈向庄里走，路愈窄，最后只能容得下一辆马车通行了。令人奇怪的是，家家户户都紧闭着大门，鸡不叫狗不闻，只听得山风阵阵，四处阴森森的，令人毛骨悚然。陈履真给张中英使个眼色，几个人迅速从腰间拔出枪来，贴着路旁房屋的墙壁向村里面摸去。走不出几步，突然听得来路村口方向射出两支响箭，陈履真说："大家注意了，刚才的响箭估计是那个摆茶摊的老头给山里土匪报的信。我们大家一定要小心！"话音没落，只听远处的山林里猛然传来一阵激烈的枪声。陈履真据枪声判断，树林里面不下百十条枪，仅凭自己这几个人怕是抵挡不住。陈履真知道张中英是个高嗓门，而且是个全县出了名的神枪手，百步开外，百发百中，立马计上心来。他趴在张中英腮边耳语几句，只见张中英举枪撂倒了两个土匪，高声喊道，一中队从左翼包抄过去，二中队从右翼包抄过去，三中队随我正面进攻。说罢七八条枪齐向树林射击。然而土匪却没有要攻上来的意思，反而借着树林掩护，边打边撤，逃进了大山深处……

陈履真见此情景，不由出了一身冷汗，心说好险哪，立即让其他人骑上车子抓紧走，自己与张中英断后——万一土匪发现真相定会追杀过来的。当他们再次来到村口的时候，发现茶摊收了，老头也不见了，房门也上了锁。张中英从身上掏出洋火，点燃了那两间草房。

初识秦雅芬

这天上午，陈履真刚从乡下回到萧县党部，刘亚民将他喊到自己的办公室，告诉他两个好消息，问他先听哪一个，一个是国民党县党部的，一个是中共萧县县委的。

陈履真说："先讲党部的事吧。"

刘亚明民："上午县党部召开常委会议，第九区的区长突然病故，我推荐了你，常委会同意了。所以你要做好一切准备，择日上任。"接着将九区自然情况以及当地国民党党员分布情况，还有工作开展情况与陈履真一一介绍了一遍。然后又报告了第二个好消息："昨晚，我与纵汉民(县委委员、农运部长)同志、谢光亚（县委委员、国民党萧县公安局局长）同志商量一下工作，县委根据你的能力与表现，决定让你担任青年部长一职。你意下如何？”

陈履真谦虚一笑：“我能行吗？再说，我还不是党员呢。”

刘亚民说道：“非常时期就按非常时期的情况特殊办理。再说组织上正在考察你，相信不久你就会是党的人了！”

陈履真说：“我的条件还不够，今后我须加倍努力，积极争取早日加入党组织。”

刘亚民倒一杯茶给陈履真，突然想起了什么：“哦对了，还有一个消息，也算是好消息。最近上级可能给我们县委派来一位女同志，担任我们县委妇女部长，她是我在武汉学习时的同学，曾经在省立徐州第三女师读过书。”少时又说道，“其实她是我挖过来的，怎么办呢，妇女工作也很重要啊，没人怎么开展工作呢！”

陈履真忙不迭地问：“她叫什么名字？”

刘亚民说：“秦雅芬。”少时又说道，“可能就在这一两天来萧县。”

1927 年 10 月中旬的一天，上午下了一场小雨，下午，陈履真正在刘亚民的办公室里说着话，猛然听见有人敲门，刘亚民开开门，见一个女青年站在了门口，他一眼就认出了来人：“秦雅芬？是秦雅芬吧！”

秦雅芬也认出了刘亚民：“老同学，许久不见，一切都还好吧？”

“好好好好！”刘亚民急忙让座，然后去拿茶杯倒茶。

陈履真急忙起身去拿水壶：“刘校长，我来吧。”

刘亚民说：“我来介绍一下，履真，这位就是我前几日给你说的我的老同学，我们新来的妇女部长秦雅芬同志。”又指着陈履真介绍道：“这是我们县委青年部长、大才子陈履真同志。”

秦雅芬脸一红，向陈履真点一下头，然后伸出手来。陈履真急忙放下水壶。握着秦雅芬的手：“欢迎欢迎！前几天就听刘校长念叨了，秦雅芬同志，早就盼着你来呢！”

落座之后，正当刘亚民与秦雅芬说话的当口，陈履真不由上下打量起秦雅芬来。见她齐耳短发，五官端正，眉目清秀，肤白唇红，身穿一件中领大盘扣、蓝底白花的中式棉袍，外罩一件束腰驼红色夹袄，更加衬托出身体的曲线。陈履真看着看着，就觉得这个秦雅芬好像在哪儿见过，猛然想起来了，趁两人说话的空隙，说道："秦部长，我们曾经见过面。"

秦雅芬不由一愣："我们见过？"

陈履真不好意思一笑："原则上说是我见过你。"继而说道，"你还记得几年前五卅惨案那会儿我们在徐州上街游行那天吗？我在游行队伍中看见了你。当时，还有一个与你穿得一模一样长得非常相似的一个女孩子。"

秦雅芬听罢，也非常激动，说道："那是我一母同胞的妹妹叫秦雅芳。我记得那天我们一起游行，还唱着《唤醒国魂》那首歌。不好意思，当时人多，同学们又群情激昂，的确没有注意到你！"

陈履真半开玩笑地说道："我与同学们都属于大众型，走在队伍里，多一个不多，少一个不少，普通得不能再普通了，所以你一下不会注意到我！"

秦雅芬笑道："陈部长既谦虚又幽默！"

这时，有个人进门，自称是款产处的，找刘亚民有事情，刘亚民对陈履真与秦雅芬说道："既然你们熟悉，又谈得那么投机，这样，履真，你替我陪陪雅芬同志，说会儿话，我去县款产处处理一件事情，等我回来，晚上我给雅芬同志接风洗尘。"

在闲谈中陈履真得知，秦雅芬是泗洪归仁镇人，姊妹三人，除了在那年见到的妹妹秦雅芳之外，还有个弟弟叫秦雅彪。秦雅芬 1906 年出生，也是个穷苦家庭出身，九岁时，随父母到宿迁县城清洁堂女子小学上学，她的父亲秦席之在县城钟吾高小和清洁堂女子小学担任音乐、美术教员。母亲是宿迁埠子集附近陈家庄人，是一个不识字的农村妇女，全家人的生活全靠父亲一人每月的薪金来维持。十二岁时，刚刚小学毕业的秦雅芬，因母亲生病去世，只好又回到归仁老家照顾弟弟妹妹生活。四年之后，父亲秦席之调到徐州第一高小教课，才将她接到徐州女子高小上学。高小二年补习毕业后，她与妹妹秦雅芳双双考入了徐州省立第三女子师范学校。在女师上学期间，她曾参加新文化运动，被发展为青年积极分子。1927 年 1 月，师范没毕业，她就和妹妹秦雅芳一起与班上几个女同学，响应学校党组织的号召，秘密到中共党员耿建华家中集合，跟随武汉来人，去武汉参加第一次大革命去了……

陈履真有些羡慕地说道："没有想到，你参加革命这么早，如今都是中共党员了！"

秦雅芬说道："过去，我听亚民同志说起你的情况，说你是一个进步青年，有理想抱负，有文化有胆识，相信不久，你就会加入组织的。"

陈履真问："你来萧县，不知道组织上怎么安排你工作的？"

秦雅芬说："听刘亚民同志讲，可能让我先到萧县师范以教师身份作掩护。"

陈履真想起了什么："你与刘校长在武汉中央军事政治学校学习，怎么回来的呢？"

秦雅芬叹一口气："一言难尽，那次到了武汉之后，我即考取了中央政治学校，我妹妹秦雅芳考入了宋庆龄主办的妇女干部训练班。在校学习期间，学校安排我参加了学生军，开到湖北汀泗桥一带去打杨森、夏斗寅等军阀，等打跑了军阀，我们随即回到了学校，结果却发生变化，政治教官施存统告诉我们，现在时局不好了，你们赶快回家吧，不然的话，发生什么危险也不好预测。因此学校将我们这批学生军解除了武装，枪支全被收缴。我们来自全国的两百多名女同学以及两千多位男同学都无端被学校解散，大家只好各奔东西找前程去了。后来才晓得，是国民党右派叛变革命，实行分共，蒋介石在上海发动了'四一二'反革命政变，之后，汪精卫又在武汉发动了'七一五'反革命政变，致使第一次大革命失败。这时，我们由徐州去武汉参加革命的男女同学随即回到徐州各地区做党的地下工作了。我当时还是一个普通群众，没有组织关系，因此也无人来分配我的工作。”

陈履真起身将秦雅芬杯子里续满水。

秦雅芬说“谢谢”，继续说道：“我与上海一个同学暂时回到上海，听说南京第一女子学校正在招生，我又马不停蹄地赶往南京，考入了南京第一女子学校。上学一个多月之后，从武汉回来的上海同学石侠生同志来学校找我，当他了解我的情况后，问我对中国革命的认识和对中国共产党的认识，我当即向他谈了我的迫切要求以及反帝反封建反国民党的决心，迫切要求加入中国共产党。我告诉他，我就是不知道党的组织在哪里，无法去找，只好先读书再做打算。石侠生了解我的思想情况后就回上海去了，让我等他的消息。时隔不久，他来信，让我到上海去找他。以后石侠生同志做了我的入党介绍人。入党宣誓时，他教会我一定要记住四句话，即‘阶级斗争，土地革命，铁的纪律，永不叛党’。后来，我被组织上分配到沪东区杨浦路日本办的内外棉纱厂职工宿舍一带做女工夜校工作。工作一段时间后，沪东区委组织一部分同志参加国民革命军的高树勋部队北上去打张作霖、吴佩孚、孙传芳等军阀，我也被抽调去了。我主要是做政治宣传工作。我们行军到天津杨柳青地区时，组织上又通知我去徐州工作，说是徐州海州一带正需要加强党的建设工作，迫切需要女干部，结果我又中途回到了阔别几年的徐州。到了徐州之后，在一次会议上，我见到了我的同学刘亚民同志，他找到上级组织，说萧县缺乏女干部，所以又将我要了来。”

陈履真说：“你这几年吃了不少苦！”

秦雅芬淡淡一笑：“参加革命，没有哪个同志不吃苦的，比起那些为革命牺牲的同志，我们又是幸运的。你说是不是，陈部长？”

陈履真感慨道：“此话不假！”

秦雅芬说：“陈部长，以后我们一起共事，还需要得到你的帮助。”

陈履真说：“你是党员，政治方面你还得多多帮助我才是。”忽然又想起了什么，“哦对了，你比我大一岁，以后我就叫你大姐吧。”

秦雅芬笑道：“在外你还是称我一声秦老师吧，这样比较安全些，不过在我们党内，我们可以互称为同志。”然后调皮一笑，“没人的时候，你也可以尊称我一声大姐。本来就是嘛！”

秦雅芬最后这一句话，让陈履真遐想了好半天。

惩治杨大肚子

第九行政区地处萧县东南部，共有十八个乡，还有曹村和官桥两个镇，区公所驻扎曹村镇。

陈履真上任之后，在各个乡转了一遍，时间已经过去快半个月了。曹村离龙虎峪村有十多里路，这天下午，陈履真本打算回家看一下生病的老母亲，推出自行车，正欲走，突然看见一群人哭哭啼啼拥进了区公所。陈履真将他们带进办公室询问，原来，本街上一个卖豆腐的名叫小桃的女孩子，今年十七岁，昨天夜里被街上的有名的集主杨大肚子给强奸了。陪小桃来的父母一进门就双双给陈履真跪下了，让区公所给他们主持公道。陈履真派人去抓姓杨的来问话，几个警察却像聋子一样，站在那里不动弹。陈履真又大声吩咐了一遍，几个警察面面相觑，还是不动身，陈履真有些纳闷，仔细盘问，原来这个杨大肚子，仗着原来当过区长，在曹村街上算上一霸，欺男霸女，被免职后，又当上了本街上的集主，苛捐杂税，无恶不作，老百姓没有不恨的，却惧怕他的势力，敢怒不敢言！面前这几个警察原来都跟杨大肚子干过，所以不敢前去抓人。陈履真站起身来说，我亲自去抓他，并告诉那几个警察，你们几个要是害怕，你们就不要去了，明天你们也就不要来上班了！说罢怒气冲冲地出了门。

杨大肚子知道桃子父母去区里告状去了，他躲都不躲，就站在街心等人来抓他。见到书生样的陈履真更加不把这个新区长在眼里。相反站到陈履真面前，问道：“你是新来的陈区长吧？我就是人称的杨大肚子，你是来抓我的是吧？”说着将手伸到陈履真面前，“你捆老子吧，老子正愁没饭吃呢！”陈履真不怕杨大肚子耍流氓那一套，厉声问道：“桃子告你强奸你敢不敢承认？”杨大肚子将胸脯一挺：“好汉做事好汉当，我做了，你瞧着办吧。最多我赔他们几个钱罢了，还能怎么样！”陈履真对跟来的警察喊道：“将这个杨大肚子给我捆到区公所去。”几个警察生怕丢掉饭碗，一起上前，小声说道，杨爷，对不住了，说罢从腰间掏出绳子，小心翼翼地给杨大肚子五花大绑，押往区公所。

其实这个杨大肚子，陈履真认得。早在十多年前，陈履真的大姐嫁到曹村东里一个叫陈村的姓徐的人家。过门之后，发现丈夫是个游手好闲的男人，成家不久就在外面搞女人，还染上吸大烟的恶习，大姐劝丈夫学好，男人不但不听，还经常打骂媳妇，并扬言大姐要是再敢管他的事就一张休书休了她。忍不下这口气，大姐又不敢对娘家人说，怕丢人，一气之下，便悬梁自尽了。当时陈履真才七八岁，随母亲找到区公所说理，就是这个杨大肚子，使了徐家的钱，帮助徐家人说话，诬陷大姐不守妇道，自己上吊死的，怪得了谁呢！并判陈家赔棺材款。陈履真看到母亲气得死去活来，当时就劝母亲道，当官的都包庇有钱的人家，你放心，我陈履真早晚有一天会替姐姐报这个冤仇的！当时不过是劝慰母亲的一句话，没有想到，这个杨大肚子今天却犯在了自己的手里。

陈履真连夜审问杨大肚子，杨大肚子却一脸的不在乎。

陈履真问道：“杨家亮，你还认识我吗？”

在曹村镇街上很少有人知道他的大名，人们都叫他杨大肚子，就连他本人好像都不记得杨家亮是谁了，所以不由一愣：“你怎么知道我的大名的？”

陈履真说：“我十多年前就认识你。你还记得当年你判的那起案子吧。就是你包庇徐家，让我的姐姐冤死不得昭雪，今天这笔账一起算！”说罢，陈履真便将大姐受虐待自缢身亡，却被徐家反咬一口的含冤一事讲了一遍。

盛气凌人的杨大肚子一听这话，马上软了。连扇自己几个大嘴巴，说自己该死、该死!

“当时你收了徐家多少钱?”陈履真逼问。

杨大肚子想了想：“五十块大洋吧。”

陈履真让记录员记上。然后又问道：“你强奸桃子的事情，认不认?”

“认认!”杨大肚子连连点头。少时问，“陈区长，你看看我赔多少钱?”

陈履真说：“一百大洋，一分不能少了!”

杨大肚子马上应允：“我给我给，我一定给。等我回家，马上赔给他们!”

陈履真说：“不行，现在就让你家送钱来。”说着让一个警察去杨家取钱。

不一会儿钱取回来了，陈履真让人将大洋送到桃子家去。吩咐人将杨大肚子看好。

杨大肚子问陈履真道：“陈区长，你看我态度这么好，钱也按照你说的赔了，你看啥时放了我啊?”

陈履真笑道：“你在曹村街上为非作歹。欺男霸女，不杀不足以平民愤! 你就等着明天中午，让你的家人来收尸吧!”

杨大肚子看着陈履真的脸色不像是在开玩笑，心里一下毛了，吓得一屁股跪在地上苦苦哀求道：“陈区长，你不能杀我，我给你钱，我有钱，给你五百大洋行吗? 一千大洋也行，只要你留我这条狗命!”

陈履真断喝一句：“你贿赂官员罪加一等!”

说罢吩咐记录员安排人连夜张贴布告，明天中午枪毙杨大肚子!

杨大肚子歇斯底里地喊道：“强奸一个女人，罪不该死，你这是公报私仇! 我要上县党部告你!”

陈履真戏谑道：“我不怕你告，今天我就是公报私仇了! 其实你也没时间告我了，你还是拿着诉状去阎王爷那儿告我吧！”

一计不成又来二计，杨大肚子跪下哀求道：“陈区长，你大人不计小人过，我的表叔在南京中央党部做官，你今天放我一马，我一定让我表叔给你官升三级！ 求求你了！”

陈履真说：“别说你表叔在中央党部，即便是蒋委员长来说情，也保不了你的狗命！”稍停又说道：“我是新官上任三把火，第一把火就是烧的你杨大肚子，你自认倒霉吧！”

第二天中午，杨大肚子伏法。 曹村街上像是炸了营，人们奔走相告，区公所门前有人燃起了鞭炮，噼噼啪啪响了一下午。

入党改名

1927 年 6 月中旬，蒋冯会谈之后，先后离开徐州。 7 月 25 日，蒋介石在南京发誓：“不打下徐州，便不回南京。”他坐镇蚌埠亲自指挥北伐军作战。 26 日，下达进攻徐州命令，并致电冯玉祥从西面进行夹击。

当时守徐州的军阀部队，以孙传芳为主力，于云龙山、奎山一线迎击北伐军。 住在花园饭店的孙传芳运来几十箱银元，召集军中将领开会：“我这个五省联军，只剩下徐州一地了，如果能占住徐州，还可东山再起，丢了徐州，我一切都完了。”说罢痛哭流涕，当场发放银元，以此鼓舞士气。

迎战北伐军的，还有张宗昌在北关设防的部队。 他的“老毛子兵”，则在南关发炮助阵。

8 月 1 日，双方在徐州展开激战。

蒋介石亲赴徐州南郊的泰山督阵，进而又到云龙山督阵。 蒋介石以为军阀部队节节败退，实际却是佯退，结果蒋军被包抄分割，首尾不能相顾，全军顿时大乱。

冯玉祥部虽已进入徐州北关和西关，但因与蒋军联系不上，只好撤兵。

蒋介石急忙撤出云龙山，连夜南退，随即撤至萧县官桥。

官桥属于萧县第九行政区管辖，陈履真作为国民党萧县党部第九区行政长官，表面上不得不应付官差。之前，陈履真已经知道国民党军队攻打徐州，没有料到仗这么快就结束了。真是兵败如山倒啊！正在官桥催办粮草的王天培部没等到粮草筹备妥当就随败军向蚌埠方向溃逃了。

这天下午，陈履真又将征集来的粮食等物分发给群众，忙得焦头烂额，刚刚回到区公所，泡一壶茶还没来得及喝，突然接到刘亚民的电话，让他速速回萧县，说是有要事相商，而且是十万火急！眼瞧着天至傍晚，陈履真骑上自行车，急慌忙往县城赶。骑了六十多里路到达县城，已是华灯初上。

在公安局长谢光亚（原名谢继周）的家里，陈履真见到了等待他的刘亚民和秦雅芬，依谢光亚的意见，等吃完饭再说事，陈履真等不及，说还是谈完事再吃饭吧，不然心里头不踏实。谢光亚带着几个人来到他的书房内，落座之后刘亚民这才笑着说道："履真同志，我要告诉你一个特大的喜讯。"刘亚民故意停顿一下。秦雅芬说："刘书记，你就别卖关子了，让履真同志早些高兴高兴吧。"刘亚民这才严肃地说道："根据陈履真同志一年多的表现，经过上级党组织同意，陈履真同志从今天起被中国共产党正式批准为中共党员，我与雅芬同志是你的入党介绍人！"大家鼓起掌来。谢光亚从书橱里找出一面绣着镰刀斧头的红旗，挂在墙壁上，由刘亚民带着陈履真进行入党宣誓。两人将拳头举过头顶，刘亚民说一句，陈履真跟着念一句："我志愿加入中国共产党，拥护党的纲领，遵守党的章程，履行党员义务，执行党的决定，严守党的纪律，保守党的秘密，对党忠诚，积极工作，为共产主义奋斗终身，随时准备为党和人民牺牲一切，永不叛党……"

宣完誓之后，陈履真仍处在激动之中，他认真地说道："今天是我一生中最值得纪念的一天，我有了组织，有了政治生命，今后我要努力为党工作，为之奋斗，做出我应有的贡献。另外我要向组织郑重声明，从今天起，我要改名，将陈履真的履字改成追求真理的理。”在座的众人又一次鼓起掌来，表示祝贺。

清党分共

蒋介石和汪精卫相继叛变革命，实行清党和分共，中国国民党也就变成由代表地主阶级和买办阶级利益的反动集团所控制的政党。国民党建立政权后，用法律、行政、特务、军事等手段残酷地镇压革命活动，集中一切反革命势力向共产党人和革命群众进攻。中国共产党被宣布为“非法”，加入共产党成为最大的“犯罪”。为了彻底消灭共产党，1928 年 2 月召开的国民党二届四中全会通过了《制止共党阴谋案》，其中称：“凡经审察确为共党之理论方法机关运动者，均应积极铲除，或预为防范。”2 月 29 日，国民党中央政治会议第一百三十次会议通过《暂行反革命治罪法》，规定对“意图颠覆中国国民党及国民政府，或破坏三民主义而起暴动者”，分别处以死刑、无期徒刑或有期徒刑。上述内容被写进同年 3 月公布的《中华民国刑法》。

“七一五”反革命事变的前一夜，武汉政府主席团召开会议，接受了分共主张，决定将分共文件提交到次日召开的会议上。7 月 15 日是武汉国民党中央执行委员会举行扩大会议的日子。参加会议的包括汪精卫、孙科等十七人。

1927 年 7 月 16 日，汪精卫声称中共中央发表的宣言是对国民党的诋毁。中共中央撤回国民党内的共党人士就是破坏国共合作的表现。汪精卫表示让共产党退出国民党相当于与国民党党脱离。国民党的任何机关也不需要存在这样的人士。汪精卫发出了取缔共产党的命令。

在这种情况下，中国共产党的许多优秀干部，群众运动的领袖，成千上万的共产党员、共青团员，革命的工人、农民、知识分子，以及党外革命人士倒在血泊之中，党的活动被迫转入地下。

这时，萧县国民党党部也开始清党，一片白色恐怖。

一天晚上，刘亚民召集县委同志开会，地点在县公安局局长谢光亚的家里。会议一开始，刘亚民一脸的沉重，他告诉大家，宁汉分裂后，全国都在闹国共分裂，我们萧县闹得更加厉害。为了保护干部，上级党组织准备让秦雅芬同志到睢宁县委工作，暂时潜伏起来，等待时机。会议开得很短，主要是怕国民党党部特务发现。固然谢光亚说，在我家保险，他们不敢来公安局长家捣乱。可为了安全起见，刘亚民还是缩短了开会的时间。会议结束后，刘亚民让陈理真送秦雅芬到她的住地去收拾东西。

到了秦雅芬的住处，秦雅芬给陈理真倒了一杯白开水，苦笑着说："我这儿没有茶叶，你就将就着喝吧。"接着去收拾衣服。

"我们才刚刚熟悉，没有想到这么快就分手了！"陈理真自从接触秦雅芬以来，不知怎么的，就感觉早就熟悉似的，总有一种相见恨晚的感觉。

从陈理真的表情上看得出来有点儿恋恋不舍，秦雅芬苦笑道："我也没有想到。本来还准备有空去你的九区去看看的，看样子是去不成了！"其实秦雅芬对于面前这个风度翩翩的青年人的确有一种好感。这种好感曾多次在她的心中掀起了不小的涟漪，以致在睡梦中憧憬。

陈理真说："不如你晚几天再去睢宁吧。到我的辖区待几天可好？"

秦雅芬说："这几天天气不好，看来要下雪呢，我还是走吧，免得有了雪雨就行动不便了！"

陈理真似乎想起了什么，叹一口气："此一别，不知什么时候才能相见？"

秦雅芬开玩笑道："两座山不能相见，两个人终究会有机会的。"

"明天我去车站送你。"半晌，陈理真说道。

秦雅芬连连摆手："还是别送了，送君千里终有一别。再说，你去送我，万一有什么事情连累了你总归不好！"

陈理真说："你怎么会连累我呢？我是本地人，人事总归比你熟悉些。"

秦雅芬果断地说道：“组织上没让你送我，我的意见，还是让我自己走吧。”

陈理真站起身来，上前握住秦雅芬的手：“雅芬同志，我们就此告别吧，祝你明天一路顺风，平安到达。”

秦雅芬淡淡一笑：“谢谢。”

陈理真转身欲走。忽然想起了什么：“雅芬同志，我能给你写信吗？”

秦雅芬说：“当然可以了，我们是革命同志加战友。我也希望能与你鸿雁传书，互叙革命友谊呢！”

陈理真说：“到了睢宁，给我来信，报个平安。”

秦雅芬说：“一定。”

鸿雁传书

秦雅芬走后一个多月，陈理真一直没收到她的信，因为没有秦雅芬睢宁的地址，他也没有办法联系她，只有干着急，所以心里一直很苦闷。不过连他自己也弄不明白，自己苦闷的是什么，为什么担心那个叫秦雅芬的女人。晚上有时躺在床上，想到秦雅芬，便会产生一点儿怨气，本来嘛，说好了的，到了新地方来信报平安的，可一个多月过去了，却音信皆无，担心之余，还有一种说不清的思念。是不是秦雅芬遇到什么危险了呢，全国到处都在搜捕共产党，难道说……若不是这样，为啥连封平安信都不愿意回呢，难道说工作忙得连一封简短的信都没有空写吗？

真是令人担心和挂念！

就在这种心境中，在一个明媚春天的上午，陈理真意外地收到了秦雅芬从睢宁寄来的信，当时陈理真正在刘亚民永堌的家里开全体党员大会，信是县委委员农运部长纵汉民从县党部捎来的。拿到信之后，陈理真欣喜若狂，如获至宝。会上刘亚民讲的什么他基本上没有印象，心早随秦雅芬那封信跑了。等会议结束，他没有舍得拆开那封信。回到曹村区公所，他这才小心翼翼地打开了令他心旌摇荡的那封盼了许久的信：

理真同志您好：提笔先说声对不起了，我本来到了睢宁就准备给你写信的，可是一到地方，工作千头万绪，白天出去工作，晚上很迟才回来。有时累得连脚手都不洗就上床睡去了。

我到睢宁之后，组织上仍旧安排我做妇女书记，公开职业是睢宁女校校长，兼县师范学校教员。睢宁的县委书记叫周彬，县委委员有蔡觉庭，还有两个我叫不出名，一个姓汪，一个姓张。团委书记名叫朱秋白。因为我是外地人，他们都对我很好。也很关心我。所以请你放心。不要挂心。不知你们那儿党的工作开展得怎么样？我们这儿工作有点儿困难。明天我还与周彬同志到乡下去。就此搁笔吧。代我向刘亚民同志、谢光亚同志，还有纵汉民同志问好。祝你们身体安康，工作胜利，一切平安！致以革命的敬礼！秦雅芬。某年某月某日于睢宁。

当晚陈理真给秦雅芬写了回信：

雅芬同志您好：见字如面，接到你的信，我真的有点儿欣喜若狂。自从您走后，我每天都翘首以盼你的来信，不知你到了新地方工作怎么样？工作累不累，忙不忙？生活上有没有人关心你？特别是在冬春之交，你会不会记得增添衣服？更主要的是，现在全国都处在白色恐怖之中，国民党四处逮捕共产党，所以我一直担心你的安全。最近我又系统地读了一些书，更加坚定我的信念，使我更加认识到我参加共产党是正确的，我今后定会加倍工作，为拯救全中国劳苦大众，献出我毕生的精力，为之奋斗！

雅芬同志，从你走后，我一直想念着你（不是小资产阶级情调），虽然我们相识只几个月的时间，可我觉得我们认识了若干年。不知您有没有这种感觉。当然我希望你有。如不妥，请您批评我！

告诉您一个好消息，为推动反帝爱国的开展，刘亚民同志以萧县师范学生自治会的名义，出版了一本《晓声》半月刊。由萧县师范学校发起的反帝爱国运动，使得萧县国民党反动派惶恐不安。他们以萧县教育局局长魏绍舜为代表向学生施压，破坏学生的爱国运动。这更加激起师生们的愤怒，萧师学生开始罢课，继而学生们组织起浩浩荡荡的游行队伍，最后发展到学生涌向国民党县党部、县教育局。吓得魏绍舜翻墙而跑……

雅芬，春天来了，气象更新，万物复苏。衷心希望我们革命的友谊像这春天一样，清风徐徐，春暖花开。

最后祝您身体安好，工作胜利，一切平安！

致以革命的敬礼！陈理真。某年某月某日于萧县曹村区公所。

隔了很长一段时间，陈理真才收到了秦雅芬的回信。内容很简短。

理真同志，上午县委书记周彬找我谈话，睢宁这儿闹清党闹得厉害。组织上考虑我的安全问题，准备调我去宿迁县委工作。具体什么时候走，我在等待组织上的通知。时间问题，我就不多写了。你别回信了。等到了新地方安顿下来我再给你写信吧。匆匆搁笔，见谅！祝好！

陈理真读完信，不免担心起秦雅芬的工作与安全来，可是没有办法联系她，只有耐心等待。直到 1928 年 8 月，陈理真才收到秦雅芬的来信。固然来得有些迟，但是信也长，足足写了五六页信纸。

理真你好，又要说一声对不起了。拖了这么久才给你写信。实在是没时间给你写信。致歉。

我到了宿迁后，得知宿迁县委设在离县城约有四十里路的大突庄，当我到达大突庄时，这才知道县委已经有一套人马了。县委书记叫马伦

(他家是地主,他的反动父亲最恨他参加共产党了)是本县大兴镇人。在宿迁,马伦可是个赫赫有名的人物。马伦读中学时,受“五四”运动影响,有爱国进步思想。民国十五年(1926年)师范学校毕业后,在洋河镇小学任教。民国十六年(1927年)加入中国共产党,后在家乡从事农民运动。在东乡仅两个多月就发展农协会员三十多人,并从中发展二十多人入党,创建宿迁第一个中共支部——马庄党支部。民国十七年(1928年)任中共宿迁县委书记。为贯彻中共江苏省委“开展抗租、抗息、反高利贷斗争”的指示精神,他想到革命先革自家的命,才有资格发动群众。是年8月一天早上,他发动农协会员和贫苦农民来到自家打谷场,对他庶母(外号杨三)放高利贷进行说理斗争。他当众揭发其庶母放高利贷,盘剥贫苦农民。其父马成义出面干涉,指责农协会是“儿子斗老子会”。会场顿时哑然无声,马伦见状,拔出手枪,对天鸣了两枪,对父亲喝道:“减租减息是上级指示,大家的决定,你敢违抗,我人认识人,枪可认不识人。”其父慑于形势,默然退去。他的大义灭亲,大长佃农士气。斗争会迫使其庶母交出契约,并同意减租减息。他当场宣布:“不论何人,过去所放利债,今后一律本利无归!”县东各乡农民协会在马伦领导下,抗租抗息,游行示威,反对苛捐杂税,打击钱粮差,声名远播。除了马伦,县委委员还有四个人:朱大同(老朱是修理锁、焊洋铁水壶的手工业工人),农民老陈(贫苦农民出身,他最仇恨地主,一提起地主就恨得咬牙切齿),苏小瓜(是苏圩子人),蔡大瓜(是蔡圩子人)。我还是担任妇委书记。我的公开职业是教师,当时是在马伦哥哥马怀仁家让出三间房,作为课堂,教几个女孩子读书识字,作为县委机关掩护,实际上是县委开会的地方。有一次县委开会,省巡视员陈治平也来参加了。这个陈治平(字文正)厉害得很,他是淮安县宋集乡人,出生于贫苦农民家庭,幼读私塾,后相继就读于淮安县立第三高等小学、南京国文专修馆、南京蚕桑学校。毕业后到淮安县立乙种农业学校任教。1924年入党,同年冬到广州黄埔军校当入伍生,数月后因病返回淮安,继续在乙种农校教书。1926年再入黄埔军校,担任入伍生第二团文书,同年11月,在上海经侯绍裘介绍加入中国共产党，之后回到淮安北乡和涟水东南乡串联进步青年组织“读书会”。1927 年 4 月间，到淮安组织农民协会。9 月受省委派遣秘密建立党组织。建立中共淮安特别支部，并任支部书记。11 月领导创建涟水县第一个中共支部——涟水县特别支部。中共淮安县委成立后，担任县委书记，年底，任淮阴特别委员会负责人。今年初，组织和领导淮安横沟寺农民暴动，成立淮安县苏维埃政府，被推为主席。暴动失败后辗转到上海，于 6 月作为江苏省的正式代表到莫斯科出席中国共产党第六次全国代表大会。

陈治平在会上给我们传达了上级指示，要搞农民暴动，打倒国民党。我们听了，思想上非常振奋。也很受鼓舞。之后，即有成群结队的青壮年农民和小刀会头头来了，他们每天晚上带着配有红布的大刀，到大突庄门前的打麦场上练武，练了一段时间，县委开会决定组织小刀会攻打县城。这天一早，他们分成四路分别向宿迁四个城门进攻。书记马伦和县委委员老陈以及小刀会的头头们各带领一路人马向县城进发。城里那些抢刀磨剪子的工人也磨刀霍霍，来个里应外合。只一夜功夫，便将宿迁县城攻打了下来。小刀会进城后，将国民党设在校场口的讲台给砸碎了，国民党的县长也给吓跑了。占领县城约一个星期之后，南京政府派来一个营的兵力前来镇压。马伦随即带领小刀会撤出宿迁县城。后来，听说国民党要来清洗大突庄，搜捕共产党人。县委闻讯后，随即决定，将县委连夜转移，以免遭受损失。县委转移到马伦的一个亲戚家后，大家又商量下一步怎么办的问题。最后决定由我和马伦、蔡大瓜一起去上海请示省委。我们到了上海之后，随即找到了省委巡视员陈治平，便将小刀会暴动以及攻打县城的情况向他禀报了一遍。陈治平觉得事情比较重大，要请示党中央才能决定。我们就在上海等待。第二天，中央就派彭湃同志接见我们。彭湃是 1928 年在广东领导海陆丰农民暴动使蒋介石闻风丧胆的人。彭湃接见我们之后，听取了我们的汇报，随后让我们给他写一份书面材料。马伦让我来完成这项任务。材料写好之后，又去找彭湃同志，亲自将材料当面交给他。他看完材料之后，决定马伦与蔡大瓜仍回到宿迁去，继续领导农民运动，对于小刀会的问题，党中央会委派省委相关的同志前去加强领导。唯独将我留了下来，说我的工作另有安排，让我在上海待命。

这就是我为什么没能及时给你去信的原因。等组织上一旦决定我的工作地点，我再给你去信告知。祝我们革命的友谊长存，最后祝你工作胜利，平安健康！握手！秦亚芬于上海某年某月某日。

第五章 去沪求学被捕入狱

1929年初，萧县政局发生了急剧的变化，国民党血洗南方各省之后，国民党江苏省党部派段木桢来萧县清党，大肆逮捕共产党员。萧县国民党临时委员会改为清理委员会，国民党员重新登记，实行清党行动。他们将刘亚民列为头号赤色人物，首先撤换了刘亚民师范学校校长的职务，开除一大批学生领袖，县长李承霖也因包庇共产党罪被撤职。3月，萧师学生继续罢课，抗议当局撤换刘亚民校长。全县各校学生纷纷成立声援会，支持萧师学生。他们举行游行示威，包围县教育局，冲击县政府，迫使新任县长刘炳晨答应学生要求，令教育局恢复被开除学生的学籍。

同时，中共萧县党组织受到严重的破坏，纵白踪、朱玉柯等十三人被捕，被通缉的共产党员将近五十人。

刘亚民得知自己被撤职、通缉，马上通知党的一些负责人离开萧县，转向外地。并连夜赶回家乡永堌，找到党的基层负责人，亲自布置所有的党员和农会会员外出躲避，等过了风头再回来。

陈理真得到消息后，立即从曹村赶到刘亚民的家中，刘亚民告诉陈理真，你马上收拾收拾离开萧县，暂避锋芒，组织上已经给你做了安排，让你去上海大陆大学读书深造。从不流泪的陈理真此时已是热泪盈眶，他问刘亚民，你怎么办呢？刘亚民说，我自有办法，并开玩笑道，我是属老鼠的，老鼠生来会打洞，我的巢穴多，国民党是抓不着我的！

保重！保重！刘亚民与陈理真两双手紧紧地握在了一起。此时他们并不知道，此一别是永别。

陈理真来到院外，拉着给他们望风的刘亚民爱人王纪彬的手，动情地说道："嫂子，今天分手，不知我们何时才能相见！"

刘亚民催促陈理真赶快走，并叮嘱他早一点动身去上海，免得夜长梦多，节外生枝。

陈理真坐火车到了上海之后，化名陈力真，找到组织接上关系，然后拿着入学通知，直接去了大陆大学报到。陈理真知道秦雅芬此时也在上海，本来想到了上海之后先打听一下秦雅芬的下落再去大学报到的。因为时间紧，再说一时半会也打听不到秦雅芬——他是第一次来上海，在这个偌大的繁华的城市里想找一个人谈何容易啊！特别是中共中央属于半保密机关，找个人更不是一件容易的事。所以，陈理真就想等到学校安顿下来之后，再慢慢寻找秦雅芬。只要她不离开上海，总有希望找得到。毕竟在这个两眼一抹黑的地方，只有这么一个熟人可找。再说他还有一肚子的话要对她倾诉呢！

然而，事情并不是陈理真想的这么简单，大学的课程很紧，等到周日，他完成作业之后，再洗洗衣服，整理整理一下宿舍，上午就过去了，只有下午才能出去打听秦雅芬的下落。因为秦雅芬没有具体单位，更不知她此时住在什么地方，找起来真是困难重重。后来通过组织关系寻找，一时也没有消息。哪知后来学校发生一件大事情，大陆大学因为政治气味太浓，被当局查封，陈理真这批学生，不得已被转到华南大学继续上学，上下一耽搁，转眼半年多过去了。

8 月底的一天，陈理真在报纸上看到一则消息："中国农民运动大王"、中共中央政治局委员彭湃在龙华英勇就义，同被杀害的还有杨殷、颜昌颐、邢士贞三名重要人物。后来陈理真才知道是叛徒白鑫出卖的。对于彭湃同志，陈理真是在书信上听秦雅芬提到的，而且也知道彭湃是中共中央大领导，他在广州领导的农民运动，可以说是震惊国内外。没有想到就这样牺牲了，年仅三十三岁。这么年轻，真是令人惋惜，陈理真义愤填膺，更加痛恨当局的残暴。他当即找到学校的学生会请求支持，并把全校进步的同学组织起来，准备第二天上街游行。当晚，他亲自制作传单标语和小旗子。哪知行动走漏了消息，被人报告给了当地警察局。第二天一早，他们的游行队伍刚刚走出学校大门不久，就被荷枪实弹的警察包围了。陈理真带领同学想冲出包围圈，却被大批警察团团围住，不幸被捕，然后与其他同学一起，被押上卡车，直接关进了提篮桥监狱。

上海提篮桥监狱原是外国殖民主义侵略中国、掠夺中国司法主权的产物。这座监狱最早由上海公共租界工部局始建于清光绪二十七年(1901 年)，最初称上海公共租界工部局警务处监狱，因正门位于华德路，又称华德路监狱。监狱四周，多是中下层市民聚居和民国初建造的密集石库门房屋。监狱由英国新加坡工程处设计中标，当年年底动工兴建，启用于光绪二十九年(1903 年)。初建时，主要有两幢四层的监楼，囚室四百八十间，以及炊场、办公楼、医务所等占地十亩左右。1916 年起，陆续向北面和东西进行扩建，后来又拆除了部分初建时的建筑，进行了重建，最后监狱共占地约六十亩，拥有十幢四到六层监楼，近四千间囚室，还有工场、医院、炊场、办公楼等建筑，建筑面积达七万多平方米。监狱四周有五米多高的围墙，内部除普通监室外，另建有“橡皮监”（防暴监房）、“风波亭”（禁闭室）、“室内刑场”（绞刑房）和室外刑场等特种设施。

被关进监狱的几十个同学，因为没有被查出这次带头“闹事”的是谁，所以大家都没有受什么罪，开始几天轮番拉出去提问后来干脆不管了，只是让他们每个人每天写一份反省材料就完事。

和陈理真一个监舍的也有一个姓陈的，叫陈昌智，因为都姓陈，两人相谈甚欢。陈昌智被抓得有点冤，他不是学生，更不知道游行集会或者彭湃什么事。他是镇江人，来上海投亲戚想找个事情做做的。刚刚找到亲戚没两天，那天没有事，就出来逛街散散心，看到这么多人集会，觉得很好玩，就挤过去看热闹，哪知糊里糊涂就被警察抓到这儿来了。陈昌智告诉陈理真，他已经买通监狱一个警察，让他去找他的亲戚将他保释出去，答应事成之后给他一条黄鱼，并许诺陈理真等到亲戚来保释他时，也一同将他保出去，他很诚恳，说一笔写不出两个陈字，谁叫我们都姓陈的呢！这次上街游行是陈理真挑的头，同学们被抓了进去，没有一个出卖陈理真，这让陈理真感到很欣慰，所以他就想能不能让陈昌智的那个亲戚连其他同学都给保释出去，他们又没犯什么大罪，况且游行还没开始就被抓了，也没有造成什么社会影响。陈理真便与陈昌智打听他的那位亲戚是干什么的。陈昌智也不避讳，一五一十便将亲戚的情况叙说了一遍。原来他的亲戚是他的表叔，名叫程子卿。程子卿也是镇江人，小时候读过几年私塾，后在镇江米店当学徒。1900 年前后赴上海谋生，结识了上海帮会头子黄金荣，后与黄金荣结拜入帮。黄金荣是旧上海赫赫有名的青帮头目，与杜月笙、张啸林并称上海滩“青帮三大亨”。程子卿入青帮后，帮内称之为“程老三”（“黄老大”黄金荣，“丁老二”丁顺华）。1905 年，经黄金荣介绍，程老三入法租界巡捕房，在法国人萨尔礼手下任政治组探长。程子卿利用探长的身份与租住在法国租界内的国民党各派人物都有联系，且关系不一般，因此消息灵通，深得法国人的倚重。“四一二”政变前，蒋介石在龙华召见黄金荣、杜月笙、张啸林等人，程子卿亦在座。且早于政变前两个月，就已预测中国政局将有重大变化，即国民党左右派之间的矛盾，及国共两党关系濒临破裂，因此受到法国外交部的重视和赞赏。“四一二”政变中，程子卿为之出了力，事后，被国民党政府颁发“青天白日”三等勋章一枚，胡汉民和汪精卫各赠他亲书字轴一只。陈昌智向陈理真保证，“青天白日”勋章与那两只字轴是他亲眼所见。

陈理真说：“既然你表叔有这么大的能耐，不如将我们这学生都保释出去算了，他们都是受到我的牵连，我出去了，却让他们留在了监狱里，实在是良心不忍！”

陈昌智有点儿为难，不过他保证，等表叔来了，他一定求表叔答应。

几天后，陈昌智的表叔，那个红极一时的青帮头子“黑皮子卿”程老三根本没有亲自来，而是派来一个得力的手下，拿着程老三的一封信来监狱保释人。陈昌智说话算话，便将陈理真的要求与那个来保释他的人讲了，那个人又打电话给程子卿。不知程子卿在电话里怎么交涉的，还是监狱嫌学生在这儿浪费粮食或是什么原因，总之陈理真这批学生全被放了出来。

后来才知道，华南大学和中共上海地下党之前已经做了大量营救工作。提篮桥监狱不过是给青帮做了个顺水人情罢了。

第六章 党训班与秦雅芬结为伉俪

回到学校不几天，陈理真即接到党组织上的通知，让他到中共中央党训班报到，参加为期一个月的党员干部培训班学习。陈理真猛然想到了秦雅芬，就顺便向组织上提出了寻找秦雅芬的要求，并将秦雅芬的姓名年龄以及哪儿的人、在哪儿工作、什么时间来到上海等等基本情况向组织上作了反映。组织上答应积极帮助寻找，如有消息一定第一时间告诉他。最后组织上问陈理真，你要寻找的这个秦雅芬是你什么人？当时陈理真一下被问住了，半晌才回答说，秦雅芬曾经是一起工作的战友，是革命同志，还是自己入党的介绍人，最后才吞吞吐吐地说，也是我的初恋情人——他认为是。因为共产党员要与组织上襟怀坦白，所以陈理真考虑再三还是“坦白了”。不过事后又有点后悔，自己觉得两人的感情应该是这样，不知人家秦雅芬承认不承认呢！

报到那天，陈理真觉得自己去得比较早，结果还是晚了，已经有好几个同学先他一步到了。在报到的名单中，陈理真无意发现一个熟悉的名字——秦雅芬。当时他心里不由咯噔一下，是自己的眼睛看错了吗？又仔细看了一遍，没有错，的确是秦雅芬三个字。这个秦雅芬是不是自己要寻找的那个秦雅芬呢？因为重名重姓也是有的。不过，这还是让陈理真心里一阵激动不已。他迫不及待地向那个负责报到的年轻女孩子打听：“请问同志，那个秦雅芬是不是苏北口音？是不是留着齐耳短发？一米六几的个子对吗？瘦瘦的？”那个年轻的女孩子被问得笑了起来，“差不多是吧。你进教室看看不就知道了吗？她好像刚刚进去呢！”别说那个女孩子笑自己，就连陈理真都觉得自己很好笑，是啊，自己进去看看不就一清二楚了吗？不过，这个秦雅芬是不是自己要找的那个秦雅芬，他没有十足的把握。若是真的话，那也太巧合了，太有缘分了！他半信半疑地推开房门，目光迅速地在教室里寻觅着，只可惜，教室里没有他要找的秦雅芬，因为教室里根本没有女性同志，这多多少少让陈理真有点儿失望。他在教室里坐了一会儿，忽然听到偏门外有女人说话的声音，那声音有点儿像秦雅芬的口音。陈理真急忙向偏门跑过去。在偏门口站着一男一女两个同志，那个女同志是背对着陈理真的，但陈理真还是一眼就认出了她是秦雅芬。他不由地喊出了声。女同志听到有人叫她的名字，转过脸来，发现陈理真的时候，显然也是不太相信自己的眼睛，半晌才反应过来，急匆匆地跑了过来。两人的手紧紧地握在了一处，女同志还是有点儿喜出望外，真的是你吗陈理真？陈理真也是没有想到在这儿能与秦雅芬相遇，他的心里突然想到一句话：踏破铁鞋无觅处，得来全不费工夫!

刚刚与秦雅芬讲话的那个男同志，此时也走了过来。秦雅芬连忙向陈理真介绍道：“理真同志，这就是我曾经在信中给你提过的陈治平同志，现在改名为陈资平。”

陈理真连忙伸出手去：“我的家是徐州萧县的，我叫陈理真。”

陈资平说道：“我是淮安宋集人。我们是老乡，都是苏北人。”陈理真说：“听雅芬同志讲，你是省委特派员，我应该称呼你为领导。”

陈资平说：“那是过去的事情了，我们现在是同学，没有什么领导不领导的，是战友，是革命同志。”当听说陈理真刚刚从监狱里被放出来时，陈资平当即允诺，等晚上在附近找个小酒馆，给陈理真这个老乡摆酒压压惊。

晚上，陈资平说是南方的菜太甜，吃不惯那个味，找了几个弄堂，最后才在一条小街上找了一家苏北人开的小酒馆，点了几个菜，又烫了一壶酒，三个人在那儿边吃边聊了起来。因为酒馆人多嘴杂，什么人都有，不便聊党的事情，连陈理真被捕入狱的事情也是只字不提，只能说一些“题外话”。所以这酒就喝不下去了，更何况三个人一对半不会喝酒。陈资平说：“你们久别重逢，肯定有一肚子悄悄话要说，我就不当你们电灯泡了，我回去睡觉了。你们俩也别在这儿受洋罪（不自由）了，干脆你们去外滩转转吧，那儿空气好，风景也好，说话也比较随便……”

陈资平走后，陈理真真的接受陈资平的建议，与秦雅芬一起坐着有轨电车去了外滩。

此时，时令虽说是到了深秋，但上海的天气仍然是秋高气爽，天气怡人。外滩已经坐满了年轻人，他们好不容易才找到空着的石墙。借着灯光，黄浦江浑浊的江水翻滚，远处汽轮不时鸣响汽笛。一艘轮船停靠在码头上，工人们正在卸着什么货物。

陈理真虽然来上海有小半年了，可外滩他还是第一次来。特别是黄浦江，他更是第一次见，所以看哪儿都觉得十分新鲜。

秦雅芬并不知道陈理真在上海读大学，若知道，她早就去学校找他去了。她向陈理真打听她走后萧县的情况，陈理真一五一十地讲了一遍。“自从你走后，形势一天比一天严峻，国民党全面清党，四处抓捕共产党员，最后不得已组织上才安排我们撤离，我来上海上学，刘亚民同志去北京躲避了，如今也失去了联系。”

秦雅芬叹了一口气，忽然想起了什么：“哦对了，你在提篮桥监狱受罪了吧？”

陈理真笑道：“基本上没受什么罪，有吃有喝的，就是没有自由，天天写反省材料。”

“被打了吗？”秦雅芬继而问道。

被抓的当天，在警察局里陈理真被打了几鞭子。他怕秦雅芬担心，就撒谎说没有。

陈理真说：“雅芬，我做梦也没有想到，会在这儿遇到你，从监狱出来时，我还向组织上提出来请求组织上帮助我寻找你呢。”少时又说道：“组织上问我，‘你找的秦雅芬是你什么人？’你知道我怎么回答的？我说，我们是一起工作的战友，是革命同志，还是初恋情人！”

秦雅芬笑，半晌说：“你是剃头挑子一头热！”

陈理真说：“不论你怎么想的，反正我是这么认定的。”少时又问道，“你有没有意见？”

秦雅芬将脸依偎在陈理真的怀里，有些撒娇地说道：“你已经向组织上坦白了，我还能有啥意见呢！”

远处汽笛一声长鸣，两个人一下被惊着了，不由相视一笑……

为了掩护党训班的安全和工作的需要，党训班的领导给陈理真与秦雅芬做工作，动员他俩结为夫妇。显然组织上已经知晓他们的恋爱关系。按照陈理真的想法，等革命成功了，再考虑个人问题，当然当时他并不知道革命是那样地残酷，那样地曲折。不过共产党员要服从组织上安排，再说秦雅芬已经不小了，她比陈理真还大一岁呢！

按照组织上的安排，在党训班驻地给他们安排了一间只有十平方左右的房子，找来一张双人床，两人的被褥合在一处，他们又到商店买了两斤水果糖分给党训班的同学。晚上，就在党训班的教室里，点燃了两支红蜡烛，大家喝着茶，吃着糖块，鼓掌说一些祝福、吉利的话，这场既简单又幸福的婚礼就完成了。

在党训班上，先后由康生、罗迈（李维汉）、刘少奇三位老师授课，先是康生讲党的组织路线，然后罗迈（李维汉）主讲的是农民运动。罗迈 1927 年参加领导湖南的农民运动，首先他介绍了全国各地农民运动的开展情况，当中首要谈到了广州彭湃同志领导的广州农民运动。课堂上同学们为彭湃同志遇害起立默哀，并为党失去这位杰出的领导人深表惋惜和痛心。

罗迈介绍说，大革命时期的湖南，是广东革命政府和北洋军阀争夺的战略要地。在中国共产党的领导之下，湖南的工人、农民、学生运动蓬勃兴起，尤其是农民运动得到迅猛的发展，堪称是全国之最。

在总结湖南农运的工作时，罗迈认为应分为两个阶段。1925 年中共“四大”召开前后至 1926 年 6 月北伐军入湘前，为农运组织的准备阶段，也就是湖南农运秘密发展时期；1926 年 7 月北伐军入湘至“马日事变”发生前，为湖南农运公开大发展阶段。湘区党委针对不同时期的特征，首先在恢复原有党组织的基础上，积极、慎重地在农村发展党员，培养核心力量，以此来领导农民运动。其次，先后选派一批优秀的党员、团员和工人，参加农民运动讲习所，或选派到湘江学校、农村补习教育社学习，为农民运动培养骨干力量。再其次，湘区党委与国民党建立革命统一战线，为领导湖南农民运动架起一道桥梁……

接下来，刘少奇也给学员们讲了学生运动与工人运动的兴起与发展，以及大革命失败的惨痛教训。

第七章 重建徐海蚌特委

1929 年 11 月 18 日，中共江苏省第二次代表大会召开，李立三作为中央代表参加了会议，并代表中共中央作政治报告。他过高估计了世界革命和中国革命的形势，认为已经到了“直接革命的形势”，“中国革命可以一省或几省割据的前途”，强调不断进攻和夺取中心城市。李立三还搬出共产国际关于资本主义总危机从 1928 年已进入“第三时期”的理论，以压制不同意见。经过争论，最后省“二大”以通过议案的形式接受了李立三“左”倾错误观点。大会要求党

“必须坚决运用进攻路线”，“推动群众斗争更快地发展到武装暴动”。李立三通过这次大会，把江苏作为推行“左”倾路线的试点。由于江苏省委决定将徐海蚌地区作为组织暴动、举行武装起义的一个重要区域，从而使徐州成为较早执行“左”倾冒险错误的地区，也是受害较深的地区。

为了加强对徐州、海州、蚌埠地区党组织的领导，进一步发动和组织农民暴动，开展土地革命，1930 年 3 月，中共江苏省委决定恢复徐海蚌特委。这时，正在上海中央党训班学习的陈资平、陈理真、秦雅芬被组织上派往徐州重建徐海蚌特委。

徐海蚌特委组织情况：书记陈资平，宣传部长陈理真，秘书秦雅芬，委员孔子寿、丁毅臣、万仲宜、万金培，省委特派员袁晓煊。新成立的徐海蚌特委除了原先管辖的铜山、睢宁、宿迁、邳县、丰县、沛县、萧县、砀山县等徐属八县，以及东海、赣榆、沭阳、灌云等海属四县，又增添了枣庄、临沂、宿县、蚌埠、灵璧、泗县、五河、凤阳、怀远以及烈山与贾汪两个煤矿。

早在 1928 年 9 月，江苏省委派蒋云（真名陈淑文，曾用名蒋雄、蒋蓉、蒋绍雄、蒋宇宗）到徐州，与罗世藩、董畏民等人共同筹建徐海特委。下旬，徐海党员代表会议在徐州东八义集西南五里曹姓党员家中召开（曹家是当地有名的大地主，家里建有很高且坚固的围墙，房屋几十间，并设有炮楼）。出席这次会议的党员代表有三十多人。会上，讨论了特委的工作任务。会议认为，首先是“两路”（津浦与陇海铁路）的机工、铁工，其次为贾汪、烈山两矿的矿工，再有就是特委管辖范围内各县的农民和洪泽湖的船民、渔民以及城市小商人、店员、学生。其任务是建立党团组织，不断地发动政治斗争与经济斗争。控制津浦、陇海两条铁路。会议上，朱务平报告了他到蚌埠了解的情况。朱务平说：我于上个月底到蚌埠去，蚌埠的平民中，多数是手工卷烟的平民，现在有了一些可靠的线索，建立了朋友关系。在码头工人（装卸、搬运）中也认识了一些朋友，但谈得不深。在铁路上，已和工务段工人建立了关系，正待进一步交谈。参会的代表则认为，这样的方式太迟缓，蚌埠的工作应全面展开。决定由宿县、凤阳（主要是凤阳）抽掉一批党团员去蚌埠，协助朱务平开展工作。

会议选举蒋云为徐海特委书记，董畏民分管组织，罗世藩是省委巡视员，王焕章负责宣传，鹿继周负责工运，赵龙云负责农运，李自省负责青运，耿建华（徐州代表）、李超时（东海县代表）、朱务平（蚌埠代表）、孔子寿（宿县代表）等十一人为委员，蒋云、罗世藩、董畏民为常委，陈正齐（张雨亭）为团特委书记，张树培为特委交通。特委机关设在徐州，办公地址设在徐州治平路城隍庙东面一处平房里。

徐海特委成立一个月之后，也就是 1928 年 10 月，改称为徐海蚌特委。1928 年 12 月 5 日至 7 日，召开了第一次党代表大会。传达贯彻党的“六大”决议。出席大会代表二十三人，其中正式代表十二人，列席代表十一人。

徐海蚌特委成立之后，党团组织得到巩固和发展。特委共有党支部一百四十五个，党员一千六百零一人。其中宿迁三十六个支部，党员六百零四人；宿县三十八个支部，党员两百四十人；邳县五个支部，党员一百六十二人；铜山县十五个支部，党员一百五十六人；凤阳县十四个支部，党员九十九人；睢宁县十八个支部，党员八十四人；东海县四个支部，党员四十八人；砀山县四个支部，党员三十一人；泗县（包括泗洪、泗阳）三个支部，党员二人；蚌埠一个特支，党员十人；烈山煤矿一个支部，党员四人；贾汪煤矿一个支部，党员四人；丰县党员五人；沛县党员五人。

1929 年 5 月初，徐海蚌团特委在徐州铜山站附近的枫林旅社召开团县委书记会议，由于保密工作做得不够，活动未注意隐蔽，被敌人发觉，徐海蚌团特委书记陈正齐、宿县团县委书记赵双启、宿迁团县委书记叶联维，以及李斯、李培南、李志新、刘华锡、李仁甫、张树培等十多名团干部被捕。

徐海蚌团特委遭到敌人破坏后，中共徐海蚌特委书记蒋云亲自到上海向省委汇报。江苏省委得知消息后，为了保护党的干部，即决定将徐海蚌特委主要领导人蒋云、董畏民、罗世藩、张仲逸（王焕章）等人调到上海，同时决定撤销中共徐海蚌特委。

这次徐海蚌特委重新组建之后，徐海蚌地区工作有了很大的进展。农民运动有了发展，并开始注意工人运动和士兵工作。贾汪煤矿工人在共产党员鹿继周的领导下，举行了罢工，抗议资方拖欠工人工资，最终迫使资方补发了矿工的工资。

1930 年 5 月 11 日中原大战爆发，徐海蚌区域成为军阀混战的中心地区。战区人民生活痛苦不堪，人民群众的革命要求十分强烈，不断以各种形式反抗反动当局的压榨和地主豪绅的掠夺。5 月 24 日，江苏省委给徐海蚌特委发来指示信，认为徐海地方暴动的客观形势已经成熟，要求特委抓住时机，坚决地去领导和发动广大群众斗争，发动罢工、兵变、农民暴动。强调暴动的目的是要建立深入的土地革命的政权和一支新的伟大红军。

为了加强对全省各地的暴动和总同盟罢工的领导，7 月 14 日，中共江苏省委先于全国各省，将党、团、工会领导机关合并，成立江苏省总行动委员会（简称江苏总行委）领导全省的工作。李立三亲自兼任江苏总行委书记。江苏总行委以“南京暴动为中心”来布置全省的工作，从而使江苏全省各级党组织的工作完全走上“左”倾冒险主义的错误轨道。

根据徐海巡视员阮啸仙关于徐海蚌地区有可能发动十万民众、集中一千五百支枪等情况的报告，7 月 15 日，江苏总行委在上海专门召开“徐海问题讨论会”，指出江苏农民暴动应以徐州为中心，决定将徐海蚌特委改组为总行动委员会，阮啸仙任书记。会议指出，红军是夺取全国胜利的主要力量，没有红军革命很难胜利，要求立即组建红十五军和建立工农兵的徐海蚌政权。不久，红十五军在徐州坝子街宣布成立。陈资平任军长，政委为武飞（魏方武、王洪、许少声、蔡明、黄春圃等），政治部主任陈理真（兼），参谋长为冷启英。

在江苏总行委的统一部署和徐海蚌总行委的具体领导下，徐海蚌地区党组织全力发动和组织农民暴动。

暴动，暴动

东三浦水池浦暴动：东三浦和水池铺是宿县东南乡的两个集镇，国民党在这里建立了反动地主武装——团练局，各有一个班的兵力，为土豪劣绅把持。他们勾结国民党反动派，残酷地剥削和压榨人民，并经常派团丁抓捕交不起租的贫苦农民，广大农民群众对他们十分痛恨。按照徐海蚌总行委的指示，中共宿县县委决定组织农民暴动。这日上午，适逢东三浦逢集，化了装的暴动队员夹杂在赶集的人流之中，团练局根本不知道消息，所以一点儿防备也没有。乘其不备，一个枪法好的暴动队员将团练局站岗的团丁击毙，暴动队伍一拥而上，迅速缴了敌人的武器，获长枪十支。按照计划，水池铺的暴动队员同时行动，缴获长枪九支。随即暴动队伍又迅速抄了周围那些罪大恶极的地主的家，把粮食分给穷苦农民。根据事先的布置，暴动队员在两个镇的街头进行了革命宣传，“红军来了”“打倒蒋介石”等标语贴满了大街小巷。当天下午，暴动队伍在蔡桥会合，他们沿途还收缴了有钱人家的枪四十多支。这时暴动队伍已发展到八十余人，有长短枪六十多支。农民暴动的消息传出以后，反动派十分震惊，慌忙组织力量进行围剿。在国民党宿县常备大队和各县区反动武装的联合进攻下，由于缺乏军事斗争经验和严格组织纪律，暴动队伍一哄而散。中共宿县县委书记赵龙云被捕，面对敌人的酷刑，赵龙云表现出一个共产党员的铮铮铁骨，始终一言不发。无计可施的敌人在宿县西门口将其杀害。许多党团员和革命群众也遭到敌人的镇压。暴动的领导人沈传云、沈传福被捕入狱，陈凤三、陈凤阳等人被迫逃亡他乡。

邳县旧州暴动：根据徐海蚌总行委的指示，中共邳县县委在崛山召开紧急会议，研究如何举行武装暴动问题，经过讨论，最后决定于7月7日在土山镇举行武装暴动。会后，由于连日大雨，水深路烂，暴动队伍未能按时集结，因此暴动只好取消。7月8日晚，中共邳县县委在旧州许村召开紧急会议，讨论继续进行武装暴动问题，决定改在旧州(古邳）发动武装暴动，并由县委书记王树璜兼任暴动总指挥。暴动时间定在7月9日上午十时，以鸣枪三响为号。7月9日清晨，一百多名共产党员、共青团员，暗藏武器，化装成赶集的群众，进入旧州城，按照计划接近各自的进攻目标，等待号令。上午八时左右，暴动队员纷纷集合到旧州区、镇公所门前。敌区公所卫兵发现这些人形迹可疑，急忙向区队长报告，情急之下，暴动队员将敌卫兵击毙。随即暴动队员冲入区公所院内，一齐向敌炮楼开火，躲在炮楼上的敌区长卢荫堂一面指挥顽抗，一面派人给乡团练头目卢修德送信，请求支援。暴动队伍被敌区队密集的火力逼出区公所，上了镇东头的马号炮楼，被卢修德带领的大批团练团团围住。一部分暴动队员冒险跳下炮楼，从旧城湖泗水撤出。剩下的三十多名暴动队员，坚持苦战，打退了乡团练一次又一次的进攻，暴动人员还挥舞着旗帜大声地向乡团练宣传革命道理："团练弟兄们！我们都是穷苦大众，是一根藤上的苦瓜，希望你们快快觉醒，不要为国民党和土豪劣绅卖命……"撤出旧州城的暴动队员，在许村组织了一部分武装力量，冒充接应的国民党乡团练进入旧州城，经过一番激战，被困在炮楼上的暴动队员才撤出旧州城，约定到岠山集合。暴动队员虽然只剩下一二十个人，且有的挂了彩，但他们个个斗志昂扬。他们商定，由几个暴动队员在岠山顶上扯起红旗吸引敌人前来攻山，其余的队员到许党、山后等村组织力量夹击攻山之敌，夺取枪支，然后组建游击队。翌日晨，鲜艳的红旗在岠山顶上迎风飘扬，连夜赶来镇压暴动的邳县警备大队，误认为暴动人员就在山顶上，立即部署攻山。暴动队员仅凭三支步枪还击，并不断变换地点。敌人因摸不清虚实，一时不敢贸然进攻。当敌人发觉山上人枪不多的时候，立即向山上扑来，眼看敌人已经攻至半山腰，在增援的力量没有到达的情况下，他们只好寻路撤离。暴动最终失败。县委书记王树璜、县委委员王守宽和共产党员董秀生、李敦佑等十多人先后被捕。王树璜被捕后，受尽种种酷刑，始终坚贞不屈，最后被敌人杀害，年仅二十九岁。

黄口暴动：萧县黄口群众基础好，黄口地区有二十多名党员、两百多名农协会员，还有大领（长工）会、穷人会、短工会、学生自治会等组织。中共徐海蚌特委经过讨论研究，决定发动黄口暴动。徐海蚌行委常委、宣传部长陈理真到萧县传达贯彻中共中央政治局《新的革命高潮与一省或几省的首先胜利》的决议，发出“掌握武器，夺取政权”的指示。萧县县委立即召开扩大会议，决定7月10日在黄口、王寨、永堌三地同时举行武装暴动。因为黄口紧靠陇海铁路黄口火车站，国民党有一个连的兵力把守。陈理真与当地负责暴动的领导同志反复研究，进行部署作战方案。7月10日这天上午，黄口镇比往常更显得热闹，赶集的人人头攒动，暴动队员都潜伏在指定的地点。十时，指挥所发出进攻信号，暴动队员立即行动，首先将哨兵撂倒，又向敌区队营房连扔几颗手榴弹，趁着弥漫的硝烟，二十多名突击队员一起冲了进去，高喊“缴枪不杀”！敌区队队员吓得乱作一团，还没弄清是怎么回事，就被缴械了。由于共产党员带头英勇作战，四个多小时就将黄口车站的国民党驻军一个连及区镇公所的国民党武装全部缴械，缴获长短枪两百多支。按照计划，暴动队伍向王寨以西进发，打算与王寨、永堌的暴动队伍会师。不料，王寨与永堌因条件不成熟没有暴动起来。暴动队伍做短暂休整，继续沿着萧县公路向东南挺进。盘踞在县城的敌人惊恐万状，将五个城门紧闭，不准任何人通行。黄口暴动造成陇海铁路交通中断三天，因而引起了徐州、萧县等地的国民党当局极大的震动，特别是萧县的敌人十分恐慌，立即调集兵力对付暴动队伍。这时，暴动队伍中一部分流氓无产者露出原形，将最好的枪支全部掠走，极大地影响了暴动队伍的实力和士气。正在这时国民党萧县警备大队突袭，暴动队伍被打散，多名骨干队员牺牲。一场胜利的暴动最终惨遭失败。

铜山吴窑暴动：吴窑位于铜山东北部。村民多系佃农，长期遭受地主的压迫和剥削的广大农民，对于地主阶级恨之入骨。同时，党在这里开展活动比较早，不少农民对于党的土地革命的主张比较拥护。基于这些条件，在徐海蚌行委的指导下，铜山县行委先后召开了四次会议，研究暴动的具体准备工作。其间，徐海蚌总行委书记阮啸仙、常委陈理真到吴窑指导工作，并确定共产党员鹿世昭为暴动总指挥。吴窑是国民党乡公所所在地，乡公所筑有围墙，四面设岗，戒备森严，要想攻进去是十分困难的。恰巧，住在本地的一个国民党司令杨怀山突然死了，各乡都要前来搞吊唁活动，鹿世昭得知此消息，立即召集暴动骨干商量，决定以参加吊唁为名打进吴窑。为了增加暴动力量，经过做工作，将当地一支几十人的土匪队伍也争取了过来。7月23日，一百多名暴动队伍暗中携带武器，兵分两路向吴窑进发。鹿世昭带一路队员，按原计划攻打西门，他们首先将恶霸地主鹿国继、鹿良继看管起来，接着又包围了地主鹿金堂的家，另一路暴动队伍由鹿卓继带领，埋伏在村外，负责接应。下午，乡长鹿世人从外面开会回来，被暴动队员一枪打中腰部，仓皇逃跑（两日后毙命）。按原计划，打下吴窑后，还要召集群众大会分地分粮，但由于参加暴动的土匪头子不顾事前约定，到地主家里哄抢财物，强抢女人，造成极坏的影响。当晚暴动队伍撤出吴窑。24日，暴动队伍乘胜追击，攻破了王闸口、石蒋圩，所到之处，都给地主阶级以沉重的打击，使广大农民扬眉吐气。国民党铜山县政府得知农民暴动的消息，立即纠合地主保卫团、联蒋会联合进行围剿，暴动队伍因寡不敌众而失败。暴动队员一部分被俘，一部分逃往外地，国民党反动派仍不肯罢休，放火烧了暴动队员家的房子，更残忍的是，将鹿世昭不满两个月的孩子活活摔死。几月后，潜伏在山东老家的鹿世昭潜回吴窑，准备重新拉起队伍与敌人斗争到底，不幸被埋伏的敌人放火烧死。惨无人道的敌人将他的头颅及四肢用铡刀切下，尸体浇上煤油烧掉，将首级挂在宪兵队门口大树上示众达七天之久……

泗县石梁河暴动：1930 年 7 月 20 日，根据徐海蚌总行委的指示，泗县行委在泗城召开扩大会议，研究组织农民暴动的问题。会议决定成立工农红军独立师，任命何凤池为师长（因病未能参加）；下设三个大队，第一大队队长魏正斌，第二大队队长魏尚书，第三大队队长徐蔚农，并把暴动日期定在 8 月 1 日。徐海蚌总行委对泗县组织暴动很关心，先是派宣传部长陈理真来到泗县听取汇报，并亲自部署暴动计划，后派总行委委员到泗县检查暴动准备情况，并要求泗县、睢宁、宿迁同时暴动，互相配合，联合行动。由于石梁河两岸群众基础好，容易发动，且暴动之后容易夺取县城，因而被确定为暴动的重点地区。哪知暴动的消息不慎走漏，泗县行委决定提前两天行动。7 月 30 日，石梁河一带农民三百多人集中在大小魏庄，公开宣布暴动，队伍拥有近百条枪，大刀、长矛、标枪、中腿炮、子弹若干。提前暴动的消息迅速传到城里，国民党泗县县政府惊恐万状，急忙派县警备大队勾结恶霸地主武装，前往镇压农民暴动。魏正斌立即下令集合队伍迎击敌人，击退敌人两个中队，31 日，暴动队伍逼近上塘集，通过分化瓦解，打垮上塘集团练局，缴获长枪三十五支，子弹五百余发，接着又攻下大庄集。8 月 1 日，暴动队伍在南朱村召开大会，到会约六七百人，号称千人大会。会上总结暴动情况，部署下一步行动计划。2 日，暴动队伍边收缴地主枪支，边派兵袭击国民党泗县新任县长张海舟的汽车，然后向泗县北郊转移。3 日，暴动队伍击溃白庙地主徐华亭的武装，打开仓库分粮、分衣给穷苦农民。他们打土豪、惩劣绅，声势越来越大，敌人龟缩在泗县城里，惶惶不可终日。经过一番密谋策划，国民党泗县县政府从蚌埠请来国民党正规部队约两个连的兵力，加上县警备队两个中队三百余人以及三个区团练，人数达一千余人，在唐沟一带围堵暴动队伍。暴动队伍奋起反抗，终因弹尽粮绝、孤军无援而失败。一部分暴动队员在戴文生、魏云岭的率领下冲出重围，暴动领导人魏正斌、王子玉等相继被捕。

由江苏省总行委指挥、徐州总行委亲自领导的多次武装暴动均告失败，陈理真在给省委写工作报告的时候，深刻分析了暴动失败的原因。他认为，各地暴动由于组织者思想激进，不从革命斗争的实际出发，固然各地群众虽然发动起来了，但是暴动队伍没有做充分的准备，对于革命形势估计不足，过早地暴露了党组织的力量，引起了反动派的警觉，由于敌我力量悬殊，武装暴动均告失败，从而致使一些革命者流血牺牲。陈理真也检讨自己，对于省总行委在各地发动的一系列武装暴动，自己也有一定的责任，对革命形势和发动武装暴动估计不足，没有给省委一定的建议，而是盲目地执行了省委的决策（当然他也阻止不了），致使许多基层党组织遭到破坏，一些革命群众失去了信心，产生了害怕革命的心理，给党造成了无法估量的损失和惨痛的教训……

第八章 出任长淮特委书记

1930年9月下旬，中共中央根据共产国际的意见，由瞿秋白、周恩来在上海主持召开六届三中全会，决定停止执行组织全国起义和集中全国红军攻打中心城市的计划，恢复党、团、工会的各级组织和经常性的工作。三中全会结束了李立三的错误，但对“左”倾冒险错误的思想根源没有彻底清算。

为了保存革命力量，做好暴动之后党组织的恢复工作，1930年底，新成立的中共江南省委（1930年10月，江苏省总行委撤销，成立江南省委，辖江苏、浙江、安徽三省党的工作）决定撤销徐海蚌特委，分别建立徐州特委，机关驻徐州；海州特委，机关驻新浦；长淮特委，机关驻蚌埠。任命陈理真为中共长淮特委书记（化名陈力真），组织部长朱务平，宣传部长许立民（张淦清、张干卿），工运兼秘书长刘俊三，妇女部长耿建华，秘书秦雅芬，丁禹畴（丁韵堂、老詹）负责团的工作。

长淮特委机关在蚌埠二马路仁寿里 11 号，对于蚌埠的工作，陈理真是不熟悉的，过去虽然也曾来过蚌埠几次，却都是在下面跑，也都是匆匆来匆匆回。

长淮特委管辖区域为淮河两岸的凤阳、定远、盱眙、泗县、灵璧、五河、怀远、寿县、凤台、颍上、阜阳（颍州）等县。

在朱务平的指引下，陈理真将辖区各县巡视了一遍，基本上掌握了各地党团员发展及组织发展的情况。

蚌埠处于淮河中游与津浦铁路水陆交通枢纽的重镇，是国民党统治中心南京的北方门户以及进攻鄂豫皖苏区的基地，所以陈理真深深知道，长淮特委建立后的主要活动是要坚持发展党团及群众组织，大力开展革命群众运动，特别是津浦铁路，是重中之重。因此长淮特委成立之后不久，即集中精力努力发展蚌埠的党、团及群众组织，在蚌埠码头、铁路、士兵（包括警察）、工厂及学校内发展党员六十名，组成八个支部，并建立了蚌埠铁路工作委员会及共青团组织。同时，在码头工人中开办弄枪使棒的“拳术团”，在铁路工程处兴办业余“读书班”，在黄包车工人中组织“互济会”，在国民党军队士兵和警察中以“兄弟会”的形式开展公开活动。党通过这些传统的结社形式所开展的活动，既不易为统治当局所察觉，又能为一般尚未觉悟的工人群众所接受，从而壮大了党所领导的阶级骨干力量，并从中发展了六十多名党员。特委还设立了铁路工作委员会，由陈理真兼任书记，指导铁路工人运动，成立铁路赤色工会小组，创办《斗争》刊物散发。这期间，特委领导了蚌埠宝兴面粉厂工人的罢工斗争、蚌埠黄包车工人反对增加牌照税及租金的斗争、警察索薪罢岗的斗争，以及临淮关火柴公司工人要求补发工资和当众焚烧地主“流通券”的斗争。为了加强对各县的领导，特委三次改组了凤阳县委，派人到泗县、五河、灵璧、凤台、丁远、怀远等县指导工作。特委还创办了《红旗报》作为机关理论刊物指导工作。陈理真和朱务平带头为该报撰写文章。

这天下午，陈理真与朱务平到蚌埠省立第二乡村师范发展组织，学校在市南老虎山，路程比较远，两人打扮成教师的模样，坐着黄包车去的。去的时候还是晴空万里，到了办完事出来，天陡然阴了下来，接着大风起了，刮来一片黑云，随即布满整个天空。因为天气突然变化，本来他们还要到蚌埠面粉厂去看看的，朱务平决定让陈理真先回去，面粉厂他比较熟悉一个人去就行了。为了安全起见，朱务平给陈理真要了辆黄包车，因为出门没有带雨具，这样的话即便是下雨的话也不怕了。陈理真说是要熟悉熟悉蚌埠的街巷和道路，坚持要自己走着回去，也是想省点儿钱。朱务平拗不过，只好由着他走着回去。陈理真刚走不长时间，雨就下下来了，大雨还带来了狂风。朱务平心想，天气不好，恐怕到了面粉厂也很难能见到人了，干脆回去改天再来吧，就决定打道回府。走到路旁店里顺便买了两把油布雨伞，他想追上陈理真给他一把。陈理真不熟悉路，加之雨天不好走，走得很慢，后来见雨下大了，又在一处房檐下避了一会雨，所以朱务平很容易就追上了他。朱务平将雨伞给了陈理真一把，这时雨也小了点儿，两人就撑着雨伞冒雨前行。陈理真担心朱务平的身体，怕他淋了雨会生病，就想叫辆黄包车，这时候哪还能叫得着车呢，干脆步撵吧！

因为天黑，又加上下雨，朱务平本来眼头不济，路一下走错了，不知怎的走到了天桥西爪子游乐场附近。这时朱务平感觉身后有个五大三粗的男人在跟踪他们，他走后面的人也走，他停后面的人也停。朱务平虽然眼睛不好，但凭直觉，他们是被坏人跟踪了。前面不远就是自己的住处，他偷偷告诉陈理真，我们有可能被人跟踪了，让陈理真和自己回到住的地方，避一避，这时候雨又开始下大了。陈理真也只好照办了。到了朱务平住地门口，朱务平让陈理真将伞收了先进院子躲起来，自己反倒打着伞，顺着路继续向前行走。他想看一看，到底是什么人在跟踪他们。没走多远，后面的人追了上来，拍拍了他的肩膀，说一家子，你怎么擦门而过不进自己的家门的呢！朱务平一听声音就听出来了，是熟人，蚌埠铁木业社的朱老三。朱务平说，老三，大雨天的，你跟着我做什么呢，我还以为是坏人呢！朱老三说，与你一起走的那个人被人盯上了，后来你一出现，那个王八蛋才掉头走了，我怕你们回头再遇什么麻烦，所以就送你们一段，如果有什么事，说着从腰里拽出一把小铁锤，我的铁锤就排上用场了！朱务平一听，非常感动，忙从口袋里掏出一支烟给朱老三，又亲自给点上火，连声道谢。当朱务平给陈理真讲述这一段故事的时候，陈理真听罢也是唏嘘不已，说这个铁匠很淳朴，有机会发展发展他。朱务平哈哈大笑，说我们都是三句话不离本行啊！……

蚌埠铁委成立及今后的斗争

长淮特委成立不久，1930 年秋，根据革命斗争及形势的需要，津浦铁路的重镇蚌埠铁路工作委员会相继成立，铁路工委直属长淮特委领导。书记由陈理真兼任，组织成员崔予庭、刘俊三（特委宣传部长，兼）、苏成德（苏美一），还有车站站房老陈。办公地点设在车站后面的扶轮小学。

蚌埠铁路工会是中国共产党在蚌埠发展秘密组织最早的单位之一，1919 年，“五四”运动在北京爆发，消息传来，在蚌埠人民中引起了强烈的反响。1922 年 10 月，在中国共产党领导的反帝反封建斗争的鼓舞下，蚌埠铁路机务处工人秘密组织了工会，参加者约有两百人，并于次年 2 月举行了声援京汉铁路工人“二七”斗争的罢工。这次罢工后不久，蚌埠铁路机务处工会在反动当局的压迫下被迫解散，工会领导人赵兴旺被暗杀。

1925 年秋，随着“五四”运动所掀起的大革命浪潮在全国的兴起和发展，中共党员苏美一（化名苏成德），受中共全国总工会党团的派遣，由山东济南来到蚌埠，进行恢复“二七”之后被反动当局破坏的铁路工会和建立地方党组织的工作。苏美一到蚌埠后，受中共上海区委所辖南京地委直接领导。他首先宣传中国共产党的主张，号召工人们组织起来，向反动势力展开斗争，并联络一批积极分子去做其他工人的工作。经过努力，蚌埠铁路工会于当年11月间重新成立。新组建的铁路工会不仅有机务处的工人，还有工务、车务工人，会员达三百五十多人，约占蚌埠铁路工人总人数百分之七十左右。工会委员长由打旗工人傅小泉担任，中共党员苏美一任工会秘书，实际上主持工会的全面工作。重新成立的蚌埠铁路工会直属南京地委领导。蚌埠铁路工会是中国共产党在安徽境内领导组建的第一个由产业工人组成的工会组织。它的出现，为蚌埠早期党组织的建立创造了重要的条件。

在成立大会之后，铁路工委领导班子召开了第一次会议，会上，陈理真让工会的元老苏美一介绍一下之前的工会情况。

苏美一说：“上次蚌埠铁路工会重新成立之后，我利用工会秘书的合法身份，以铁路工会为基础，在工会骨干和积极分子中进行建党工作，陆续发展了董天然、傅小泉等人加入了中国共产党。后来，在中共南京地委的具体领导和帮助下，蚌埠地区最早的党组织——中共蚌埠特别支部于1926年1月成立，特支书记由我担任。党员四个人，全部是蚌埠铁路工会会员中的骨干。特支属于南京地委领导。特支成立之后，以铁路工会为依托，我们将目光放在全蚌埠的工人上，通过举办工人夜校、识字班、谈心等方式，积极向广大工人群众宣传中国共产党的主张，进一步发展党员，扩大党组织，到当年年底，党员已增至八人。在铁路工人的觉悟有了普遍提高的基础上，蚌埠特支于1926年春节之后，领导铁路工人开展反对铁路当局克扣工人工资和随意开除工人的罢工斗争，迫使铁路当局接受了工人们提出的条件。工人们的情绪从来没有像今天这样振奋，有人给他们讲话和撑腰，他们扬眉吐气了，也敢于讲话了，更加信任工会组织。随着革命形势的发展，1926年6月，上级党组织决定，蚌埠党组织与南京地委脱离，直属上海区委领导。为了与隶属关系变化相适应，我们特支也于同年7月改称蚌埠独支。此时，蚌埠铁路工会又遭到反动当局的破坏，在极其困难的条件下，我们继续领导铁路工人开展一系列斗争。1927年6月，中共江苏省委、浙江省委分别成立，上海区委随之撤销，蚌埠党组织此后属于新建立的中共安徽省临委领导。1927年4月至7月，蒋介石和汪精卫相继叛变革命，向共产党员和革命群众举起了屠刀，轰轰烈烈的大革命惨遭失败。就在这年的7月31日，国民党蚌埠'清党委员会'成立，蚌埠随之陷入了一片白色恐怖之中。在极其恶劣的环境下，为了保存革命力量，蚌埠党组织的多数党员转入外地开展斗争。少量党员仍坚持在当地单打独斗艰难地开展工作，但暂时与上级党组织失去了联系。1927年10月，安徽省临委决定，蚌埠党组织由宿县临委指导。同年11月，根据中共中央决定，安徽省境内沿津浦线及皖东北各县划归江苏省委领导。之后，中共江苏省委先后派李启耕和朱务平等同志来到蚌埠，进行恢复、整顿党组织的工作。在原有的基础上又陆续发展了一些铁路工人、黄包车工人、士兵入党，在铁路及市内恢复和建立了党组织。1928年10月，中共江苏省委为加强对徐海蚌地区的领导，决定蚌埠党组织由刚刚成立的徐海蚌特委领导。这就是近几年我们蚌埠及铁路方面的组织建设和开展斗争的一些基本情况。"

陈理真最后总结道："刚才，老苏同志将蚌埠铁路工会的一些基本情况和斗争经验讲了一遍。谈得很好。有些工作经验值得我们今后去效仿和借鉴。老苏同志，我们前一段时间打过交道，他是从苏联学习回来的老同志、老党员，有着丰富的斗争经验，特别是铁路方面的工作，我们要多多向他学习与请教。下面，就新成立的铁路工委的工作，我谈几点粗浅的想法。蚌埠是国民党反动政府的北大门，津浦铁路尤为重要，这就是我们要成立铁路工委的突出原因和重要意义。1. 我们铁路工委成立之后，要以扶轮小学为据点，向铁路工人宣传党的正确主张。最近一段时间我们要着重宣传我党第六次代表大会的精神，和六次大会所提出的‘十大纲领’，以及我们苏区红军胜利的消息；宣传的渠道，要利用夜校的政治教材，还有我们散发的小传单。下一步，我们计划要出一本油印的刊物，刊名我都想好了，就叫《斗争》，在这个刊物上可以充分发挥它的作用。2. 要进一步发展组织，团结铁路车务段、机务段、工务段等五段的工人，根据斗争形势的需要，并发动我们的工会骨干力量做好破坏铁路的准备。3. 根据工作开展需要，我们要在工人群众中发动一次经济性质的斗争，斗出我们的声威，斗出我们的勇气，为工人们撑腰、讲话，为工人们争取合法的权益，打击反动当局的嚣张气焰！……”

泗县农民武装力量调查

听说泗县的农民协会过去搞得比较早，也很有规模，较早地建立了农民武装，后来暴动失败了，农民协会从此销声匿迹了。

长淮特委成立不久，陈理真让朱务平领路，前往泗县调查。

冬初的早晨，天阴沉得厉害，淡淡的雾，在大街小巷里弥漫穿梭。天并不寒冷，朱务平说：“可能要下雪吧？”他看一眼陈理真，“要不要带把油布伞？”

陈理真望一眼天空：“人都出来了，我看还是走吧，离泗县有两百多里路呢，时间不早了，别误了车。”少时又说道，“下雪才好呢，杀杀病菌少得病。不过，下完就晴最好，若是下完雪西北风一吹，上冻了就糟了，我们就耽误回来了！”

朱务平说：“我也希望老天要下就下，千万别再冷，一冷我的老毛病就会犯！”说着咳嗽起来。

陈理真说笑话：“本来我要自己去，你偏要陪我去。真要是将你冻病了，我可是个罪人了！”

朱务平呵呵一笑：“我又不是千金大小姐，不能经风雨！再说，泗县你是第一次去，路不熟，人又生，工作起来不方便。”

到了汽车站，买好了车票，看看离发车还有半个小时的时间，两人到车站门口买了几根油条，又各自喝了一碗小米粥，然后在站内连椅上等候，时间绰绰有余。

车开到五河，天空飘起了雪花，等到了泗县，雪渐渐大，变成了鹅毛大雪，城市里四处是白茫茫一片，街道上的积雪已经有脚脖深了。朱务平好不容易找到了一个熟悉的徐同志，然后到他家里落脚，眼看到了中午饭食了，徐同志烧了一锅白菜汤，三个人泡点儿煎饼，将就了一顿饭。吃完饭，徐同志又去找县委的负责同志，朱务平就与陈理真在他家等人，反正大雪封门，本想到下面几个地方看看的，恐怕是天不遂人愿了。

在等人的工夫，朱务平便将泗县农民协会情况向陈理真做了一番介绍。

朱务平说，泗县乡村两年前就建立了农民协会，会员占农村人口百分之三十，有的地方达到百分之四十。就是没有枪。农会捉过土豪，将他们游街示众，口号是“减租减息”“打倒地主恶霸”。当时还是徐海埠特委指示他们目前的主要任务是搞武装夺取政权。当时，泗县县委开会做了专门研究，具体做法有三条：1. 争取农民群众到农协会里来，加强对农民的教育，提高他们的觉悟，然后把政权夺过来交给农民协会；2. 夺取地主武装建立农民武装；3. 发展组织，加强在农村的领导力量。有个同志叫李荣萍，本名叫李广新，曾化名孙二、王四。他是1924年从安徽去的南京，后到上海，在上海纱厂加入了中国共产党。1929年，通过王华举的关系与蚌埠党组织接上了关系。同年三四月份，因为凤阳党组织被破坏，县委书记被捕，党组织将他调到凤阳去担任临委书记，实为了解凤阳破坏后的情况。今年6月我到临淮关，他与赵连轩正在研究工作，我想当时泗县正缺党的同志，凤阳新的县委书记已上任，就让李荣萍到泗县去工作。我说你是泗县人，地方熟悉，不如你去泗县工作吧，你去泗县到魏家圩子找魏正斌，外号魏大牙，由他分配你的工作。其实泗县党员很少，除了魏正斌，还有一个叫萧长理，加上李荣萍，才三个人。他们工作了一段时间，专门去蚌埠汇报，我才知道他们一些情况。大概是在今年7月的一天，农民协会缴了泗县墩子集团练局二十多支枪，建立了农民武装。接着又准备攻打坝王城团练局。研究决定晚上十一点出发。会后大家分头准备。农协武装四十多人，晚上十点多钟到东门外圩子集合，十一点由魏正斌带队，兵分三路包围了坝王城团练局，将哨兵收拾掉之后，冲进了团练局，结果缴了二十五支枪和四百多发子弹。并告诫坝王城里有枪支的地主，限三天内把枪送到魏家圩子农民协会。这时，农民武装的声势和影响都很大，各村青年纷纷到农协报名参军。墩子集和坝王城一些小地主将家中的枪支如数送来，而大地主都被吓跑了。此时农民的武装已经有两百多人，有洋枪、土枪、土炮、长矛大刀等武器。他们召开会议，准备乘胜追击，决定下午去上塘集缴那里团练的枪。上塘集圩子被地主把守着，而团练局设在圩子外的一个庙里，共有三十五个团练，人手一支枪，局长叫李安文。农民武装兵分两路，一部分去圩子附近埋伏，防止地主武装出圩子增援团练局；一部分去围团练局，先用土炮轰。团练局都是些酒囊饭袋贪生怕死之辈，不到十分钟就解决战斗，缴了团练局的枪，可不见了局长李安文。后来一个农协会员从附近的草垛里将他逮了出来。接着又攻圩子里的地主武装。缴了地主四十多支枪、五百多发子弹。捉住地主土豪和李安文带到魏家围子，开了群众大会，公审李安文将他枪毙。现在农民武装已经发展到四百多人，枪两百多支。我们知道农协的情况之后，估计白军还会反扑，让他们保护这支新生力量，然后给魏正斌送信，让他将队伍带过淮河去。哪知魏正斌让胜利冲昏了头脑，行动迟缓一点，过了两天才开始行动。魏正斌派李荣萍和一个姓张的同志去临淮关打探情况，并运送一部分枪支弹药，看到了临淮关驻扎许多白军，且壁垒森严。晚上他们又将武器弹药搞到船上连夜往回运。到了半路，见到一些从魏家圩子逃出来的农协会员，这才知道敌人正在攻打魏家圩子。后来，农民武装坚持了两天，最后失败。魏正斌和萧长理被捕。敌人烧光了魏家圩子，使许多老百姓无家可归……

陈理真说，农民武装当时如果遵照特委的指示，立即转移，兴许这支队伍能够保存下来。地主武装肯定会卷土重来报复的。当时农民武装突如其来，反动武装一下给打蒙了，等他们回过神来，肯定是非常地凶残。

到了天擦黑，那个徐同志才回来，他并没有找到县委的人，他告诉陈理真，听说他们到乡下搞组织建设去了，估计也是被大雪堵住了，一时半会联系不上。陈理真和朱务平就在那个徐同志家凑合了一夜，因为第二天下午特委要开会，他们又坐着汽车回蚌埠了。好在第二天雪融化了，汽车照常发车。坐在车上，陈理真还在思索，泗县农民武装群众基础好，下一步还要再来泗县，让泗县的农协重新组织起来，大力发展农民武装，夺取地主武装，建立苏维埃政权。

淮上火柴公司的工人斗争

这天一大早，朱务平要了一辆黄包车，陪陈理真去凤阳临淮关淮上火柴股份有限公司调研。两人装扮成商人的模样。车主是自己的同志，也就没有顾忌，朱务平便在车上将淮上火柴公司的一些基本情况向陈理真先介绍了一遍，让他有个大致的了解。

淮上火柴公司，不但在凤阳很出名，即便在蚌埠，也是数一数二的大企业。朱务平多次到火柴公司开展建党工作，并组织工人与资本家作斗争，所以对火柴公司的情况非常熟悉。

朱务平告诉陈理真，淮上火柴公司始建于 1915 年，正式投产是在第二年的下半年。总经理陈子衡原是定远县何扁头（清朝侯爵）家看坟的。何扁头帮陈子衡买了一套生产火柴的机器，又依靠皖北各知县和富商资助合股投资解决了资金问题。公司初办时，从天津雇来技术人员，租用临淮关广运桥头郭宝昌的房子，分前后场，前场设收发、营业、庶务、采购等科，后场建有配料、熬胶、卸板大机器与小机器房等车间。当时火柴公司仅有工人百十来人。到了 1921 年，又在南台子扩建厂房，始分第一、第二两个场，工人增加到三百余人。资金由初办时的一万五千元发展到十四多万元。

陈子衡不仅财源发达，而且官运亨通，当时他一身兼八职，即火柴公司的总经理、县商会会长、临淮关正德中学董事长、淮上转运公会会长、道院院长、华洋义会会长等，显赫一时，成为一个名副其实的官僚资产阶级。

陈子衡对公司工人进行肆无忌惮的压迫与剥削，轻则打骂，重则开除，甚至勾结官府对工人随便监禁或拘留。在生活上不发给工人工资，每天只供应工人早餐三个铜钱的点心费和中晚餐两顿饭。此外，每逢年关节日美其名给“节日偿”，一般只是几元钱。工人如遇婚丧嫁娶，厂方即使借助一部分钱，也得从“节日偿”中扣除。在劳动上要求加班加点，起早贪黑，每天规定工人劳动十几个钟头，工人整天累得没有休息的机会，还不敢反抗。工人们常说：“公司老板对咱们不如机器，机器坏了他心疼，工人死活他不问。”工人们苦不堪言，敢怒不敢言。1926年前，公司有了工会组织，但工会的权力掌握在资本家和工头的手中，工人没有权利过问。那样的工会被工人们称之为“黄色工会”。

朱务平点燃一支烟，刚刚吸了两口，不免咳嗽起来。陈理真劝朱务平：“戒掉算了，你身体又不好。”

朱务平苦笑道：“除非是进监狱了，也许能戒掉吧！”

陈理真嗔怪道：“老朱你又胡说八道了！”

朱务平笑道：“这没什么，我们这些人，时刻都得有这种思想准备！理真，你说我说得对不对？”

陈理真笑笑，点点头。

朱务平继续介绍，“大概在1927年4月，渡江北上的北伐军叶开鑫部打垮了北洋军阀进驻临淮关，该部应火柴公司工人们的邀请，派国民党左派代表谭小羽率工作组到火柴公司帮助工人建立自己的工会组织。经过会议选举，从工人中推选了王善初、刁乃庆、张其昌、徐步科、王朝云等几个同志，由王善初任工会主席，工会一成立，就向公司当局提出十二项严正要求：1. 实行‘三八’制；2. 改变‘节日偿’为月饷制；3. 不准随意打骂工人；4. 不准擅自开除工人；5. 不准随意加班加点；6. 实行星期日休假制；7. 工人代表有权参与生产安排；8. 工人病假由工会审批；9. 实行工人自治，工人中发生问题与纠纷由工会调查处理；10. 工人工资的标准由工会和公司当局共同议定，实行计件工资制，按月由工会向公司结算；11. 不准降低工人的生活水平；12. 逐步改善工人的劳动条件。”

陈理真插话：“这十二条定得好，保障了工人们自己的合法权益。”

“可是公司当局拒绝承认。”朱务平又接上一支烟，“并扬言这样的公司没法开，只得关闭停产，工人解雇……针对这种情况，工作组发动工人清查了公司的资金，经工会委员会商定，向公司提出两种解决方案：一种是若关闭停产，将全部机器卖掉，所得金额发给工人做生活费用；一种是由国民革命军出钱，把机器设备买下来，公司由国家开办。公司更加不愿意答应，仍强词夺理，拒不接受。全体工人由于有北伐军工作组的支持，在工会委员会的领导下，再次举行罢工，将公司办公室包围得水泄不通。”

陈理真一拍手：“太好了，工人们真正发动起来了，也更加扬眉吐气了！”

朱务平接着说道：工会派代表质问公司，工作组也向公司发出警告：“你们如不答应工人们的要求，我军将采取果断措施。”工人们齐聚在公司办公室门口高呼口号：“坚决支持北伐军代表和工会的革命行动！打倒资本家，打倒陈子衡！”公司慑于革命军的权威和工人的力量，终于答应了要求。之后，经北伐军工作组、工会、工商联合会、公司负责人和凤阳县政府推派代表举行谈判，在协商一致的基础上，分别在协议书上签字盖章，以示负责。这次斗争取得胜利后，工会还主持召开了庆祝大会，大大地鼓舞了工人们的斗志。

北伐军离开凤阳之后，蒋介石在上海发动“四一二”反革命政变的消息传到了凤阳，淮上火柴公司借机想取消工会组织，撕毁协议。英勇的公司工人在凤阳县委的领导下，并没有被白色恐怖所吓倒，仍然立场坚定，旗帜鲜明，进行艰苦卓绝的斗争。他们迫切要求进步，积极参加党所创办的工人夜校，一面学习文化，读书识字，一面学习革命理论，懂得反剥削、反压迫的道理。工人群众中有许多先进分子加入了中国共产党，成为党的骨干力量。同年，火柴公司成立了党支部，支部书记由王朝云担任。

路边有个卖茶的茶棚，陈理真看见天色还早，生怕朱务平讲得口干舌燥，提议喝碗茶再走，也不耽误功夫。三人停下车，一人一碗热茶进肚，身上凉气顿消，稍事歇息，然后继续赶路。

朱务平继续介绍情况：公司工人自从有了自己的工会组织，又有了中国共产党的领导，更加有胆有略，与资本家经常不断地开展斗争。1928 年年底，资本家借口原材料缺乏，企图裁减工人和延长工时，进一步榨取工人血汗。公司党支部看穿了资本家的阴谋诡计，发动全体工人举行罢工。当时我受徐海蚌特委的指示，把铺盖搬进了火柴公司，化名朱大生，带领工人们揭露资本家强奸女工和破坏工人团结的罪行，争取社会舆论支持，最后罢工取得彻底胜利。

1929 年新春刚过，一直怀恨在心的火柴公司又故技重演，企图用停工的办法裁减敢于向他们斗争的工人。党支部立即做出决定，仍由工会出面，召开全体工人会议，号召工人们要团结一心，并派代表向公司当局提出抗议，如不答复，再次罢工，并请凤阳县总工会予以支持。在内外压力下，公司看势头不对，答应了复工。

同年 4 月，公司的爪牙陈某某辱骂工人，还向资本家告密工人的行动，党员工人顾钧等四人将陈某某痛打一顿。之后，公司便勾结临淮民团逮捕了顾钧等人，关押在警察局。党组织立即发动工会组织罢工营救。全体工人手持铁棍木棒冲进了公安局，打跑了公安局长，救出了那四名被捕的同志。时隔不久，公司又联合临淮关国民党保安团、凤阳县警备队几百人包围了火柴公司，企图逮捕工人中的积极分子。因工人们的强硬反抗，此事不了了之。资本家不肯罢休，不久又勾结国民党驻扎在临淮关车站附近某部的一个旅，突然包围了火柴公司南北两个厂，逮捕了王善初、顾钧等十名党员及工会干部。狡猾的敌人在审讯到工人党员顾钧的时候，先是逼供，后动用重刑，看顾钧不屈服，最后又采取离间之计，诈称工会主席王善初已承认自己和顾钧都是共产党，富有斗争经验的顾钧一眼识破了敌人的阴谋诡计，坚信王善初不会出卖同志，坚决不承认，使敌人的阴谋诡计没有得逞。

敌人始终没有审出想要的结果，只得将他们交给县政府和县法院监禁，继续审理。到了凤阳，他们被关进了监狱，两三个人一间牢房。比起临淮关一人关在一间号子里，更加便于研究对策和统一口径。国民党法院对于逮捕的工人经过多次审讯，均未审出什么有用的口供和有力的证据，再加上外面党组织积级组织营救，最后法院不得不宣布全部无罪释放……

陈理真说："老朱，临淮关火柴厂工人们的斗争经验将来要好好地总结一下，作为范例让其他地方借鉴。"

蚌埠警察举行罢岗斗争

上午，陈理真从上海开会回来，一进特委办公室，就看见朱务平早已等候在那里。朱务平见陈理真回来了，急忙打开玻璃窗，不好意思地向陈理真一笑："我得打开窗子给你放放毒气，否则你又该提意见了。"

陈理真说："我倒没什么，有时工作累了我也不是吸一支吗？不过你就不同了，烟吸多了对你的身体不好，再说，你又咳嗽得那么厉害！我是关心你呢！"

朱务平说："这些大道理我多年前就明白了，就是戒不掉！一天不吸就像害了一场大病似的！"

陈理真说："你想到香烟就是国民党，你要与他作坚决的斗争，你试试看！”

朱务平哈哈大笑。

炉子上水开了，朱务平将开水冲进热水瓶，然后给陈理真的搪瓷杯里倒了一杯开水。陈理真说：“谢谢，我不渴。”

朱务平说：“你从外面进屋来，一身的寒气，权当是暖暖手吧。”

陈理真说：“你怎么知道我坐这一班车回来的？”

朱务平卖着关子：“这就叫心有灵犀！”少时又说道，“这次去省里开会什么精神？”

陈理真说：“还是批判立三路线的问题。最后又讨论了国内国际的形势。”略顿又说道，“上次我们特委在宝兴面粉厂西面顺河街的一个茶馆里批判立三路线，只有八九个人参加，各县来的人也不齐，这次省委要求，批判立三路线要传达贯彻到每一个支部，所以下一步我们要加大力度，争取在年底前，将省委的会议精神全部贯彻下去。”

朱务平点点头，说“对”。

陈理真说：“过两天，我们召开特委扩大会，先将省委这次会议精神传达一下。”

朱务平说：“好。”忽然想起了什么，说道，“理真，有件事情我想与你说一下。”

陈理真喝了一口水，坐在那里洗耳恭听。

朱务平习惯地点燃了一支烟：“从淮上火柴厂出来的九位同志，我不是将他们安排进了警察局当警察了吗，听他们反映，警察局也很黑暗，光让警察干活，不给薪水，据说，已经有半年多没开工资了。致使许多警察家中无米下锅，一些单身汉，就连一包香烟也抽不起。对此，警察们怨声载道，愤恨至极。”

“你想组织警察们造反？”陈理真问道。

朱务平说：“造反目前条件还不成熟，我想让我们安插进去的九位同志暗地里做做工作，鼓动鼓动，兴许能起到作用，如果能组织警察起来和当局斗争，那样的话，将在全蚌埠造成非常大的声势与政治影响。”

陈理真说：“这对我们目前斗争形势来讲，无疑是一次很大的促动。”

朱务平说：“我就是等你回来商量一下，看看怎么搞。”

陈理真说：“我的意见，先找我们的那几个警察兄弟再一次摸摸情况，大家统一思想，然后分别回去做警察们的工作，要找那些对当局非常痛恨又对我们共产党比较亲近的警察。”

朱务平说：“我也是这么想的，我已经和那九个同志约好了，明天一早我们在码头集合，由我们同志开一条小货船，我们在淮河上边转悠边开会。这样的话，既安全又集中。”

陈理真说：“这样最好。明天我也与你们一同去。”

第二天一早，陈理真按时来到码头，朱务平等人早已在那里等船。几个警察都穿着便服，大家都装作互相不认识。

早晨天气有点寒冷，加上西北风一吹，河边上了薄薄一层麻花冻，并不影响出行。

不一会儿，船来了，撑船的是一个四十来岁的中年人，家是临淮关的，入党两年多了，也算是参加革命比较早的同志了。

大家来到船舱里，朱务平将陈理真介绍给大家，又将那九位同志姓什么叫什么、在哪个局工作分别介绍了一遍。

会议开门见山，朱务平将准备组织罢岗的事情一说，大家就七嘴八舌议论开了，又各自将身边能联络的人报了一下。从五岁就在淮上火柴厂做工的如今在二分局当差的张其昌首先发言，他说：“警察们早就对现在这个警察局长恨之入骨，我们刚去时间不久不太了解情况，听他们老警察说现在这个警察局长可坏了，整天就知道抽大烟嫖女人，贪污受贿，中饱私囊，根本不顾警察们死活。他认为警察们都有外快好挣，所以至今已有半年多没发薪水了。警察们背后都恨透了这个局长。如果警察们联合起来举行罢岗，一定不成问题。”在一分局和五分局的党员尹学友、杜金玉、娄夫彦、牟庆维也都分别发言，阐述警察局上层的罪状，大家一致认为，这场罢岗一定能发动起来。

陈理真和朱务平在船尾简单地碰了一下头，最后决定罢岗定在三天后举行。

三天后的一个黄昏，蚌埠警察们全体罢岗，要求补发工资，否则就不上班。一时间马路上秩序大乱，有许多条街，尤其在闹市区，路灯也不亮了，到处漆黑一团。市政厅马上给警察局打电话询问此事，吓得那个警察局局长慌忙从大烟榻上跳了下来，像个没头的苍蝇四处乱撞，给各个分局打电话让警察们取消罢岗，并承诺第二天就先发一个月薪水，然后补齐全部工资。

至此，这场由长淮特委发动并领导的警察罢岗斗争取得彻底胜利。

女儿文曼出世

这一天早上，陈理真和朱务平坐着公交车去凤阳县搞建党工作，到了凤阳县城，刚与当地党支部负责人接上头，没说几句话，紧接着刘俊三骑着自行车追来了，告诉陈理真，秦雅芬要生了，让他赶快回去。陈理真知道老婆秦雅芬产期临近，可没想到突然今天要生产了。

朱务平说："老陈，雅芬同志是第一胎，你还是回去看看吧。不然不放心。"

陈理真何尝不想回去呢，可凤阳这边的工作刚刚接上，一时不便离开，就对刘俊三说道："老刘，我一个大男人，生孩子的事我也不懂，请你立即回去，让耿建华大姐帮助料理照顾一下，等我将这边工作安排好了就立马赶回去。不行的话，你先帮我将秦雅芬送到医院住下来再说。"刘俊三答应一声，便急忙骑着车子回蚌埠安排去了。

对于爱人秦雅芬，陈礼真的心里是很内疚的。那是在徐海蚌特委工作期间，大约在今年初的一天，特委几个委员正在机关开会，讨论研究徐海蚌地区农民暴动的问题，会议一直开到晚上才散。因为是在晚上，散会的时候大家就没有分头出去，也没注意隐蔽，而是一拥而出，随即被城墙上国民党站岗的士兵发现了，不一会儿工夫，随即进来好几个荷枪实弹的士兵前来搜查。当时他和其他几个同志已经走了，屋里只剩下秦雅芬在收拾打扫房间，盘问了一番之后，见问不出破绽，便将挺着大肚子的秦雅芬作为嫌犯带走了。等到陈理真知道消息，秦雅芬已经被关押在徐州警备司令部一个临时看守所内。坏就坏在陈理真也不知道这个看守所在哪儿，更不清楚秦雅芬的具体情况。敌人既然将秦雅芬逮走了，是不是发现了什么？她本人的身份暴露了没有？特别是秦雅芬还怀着孕，大人孩子有没有危险？这一夜，陈理真真正体会到什么叫度日如年。第二天上午，组织上才得到消息，秦雅芬一切很好，身份也没有暴露，大人孩子一切平安，陈理真心里一块大石头才算是落了地。因为要急着到农村指导暴动工作，陈理真让岳父秦席之去看守所探视，然后就走了。随后几个月，因为各地都在搞暴动，陈理真一直在农村跑，直到秦雅芬被放出来，他都没有去看望过她一眼。所以心里面一直觉得对她有所愧疚。后来听秦雅芬说，她在看守所没受什么罪——当然说没受什么罪是瞎话，那是在宽慰陈理真的心——好在敌人没有找到任何证据，加之秦雅芬在看守所与一个女看守混得很熟，那个女看守很同情秦雅芬，几乎每天都向上面汇报，谎说秦雅芬马上就要生孩子了，不放不行了，再说一个妇道人家不偷不抢、不干坏事，平白无故地你也没有理由关着人家！看守所也觉得这个牢饭不能再让这个女人吃了，就让秦家保释。结果秦雅芬的父亲秦席之凑钱将女儿保了出来。

这天，一直到很晚，陈理真才从临淮关回到蚌埠，等他赶到医院里，孩子已经出生了，是个女孩，名字秦雅芬已经给取好了，叫陈文曼，乳名曼儿。特委妇女部长耿建华，还有特委其他几个女同志都在那儿守着呢，加之秦雅芬的妹妹秦雅芳也从徐州赶了过来，陈理真就让耿大姐以及特委的几个女同志回家去休息，他要尽一个父亲和丈夫的天职，好好地呵护她们母女两个一夜……

夫妻夜话

秦雅芳坚持不走，理由是姐姐刚刚生完孩子，女同志照顾起来方便些。

陈理真开玩笑道："我是你姐的丈夫、女儿的爸爸，不比你这个当姨的更方便！"

秦雅芳关切地说道："你明天还要工作，不睡觉不行。"

陈理真说："你熬一夜，明天白天哪有精力照顾你姐和我的宝贝女儿呢！"

正在两人争执的时候，朱务平进来了，一进门就喊着"恭喜恭喜"，看到熟睡的曼儿，慌知自己太冒失了，又压低声音对秦雅芬说道："雅芬同志，你辛苦了，你给我党又增添新生力量，功不可没啊！"

秦雅芬说："老朱，你看看我的女儿长得像谁？"

朱务平言道："你明知我是个睁眼瞎，又在晚上，到哪去看清楚呢！ 不过，一般女儿长得都像爸爸，肯定像理真！"

陈理真说："可别像我，我长得这么丑，雅芬漂亮，应该像雅芬才是！"

朱务平笑道："你两夫妻别再谦虚了，假如说你们长得丑，像我这样的，就应该说是丑八怪了！"说完一阵咳嗽。

陈理真关心地说道："老朱，你抽时间最好去医院检查一下，老咳嗽总不是好事情。"

朱务平嘿嘿一笑："老毛病了，咳嗽几天就没事情了。"

秦雅芬也劝道："朱大哥，你还是去医院瞧瞧吧，别耽误了，听同志们反映，你都咳血了呢！"

朱务平不以为然道："哪有这么严重，你别听他们瞎说！"

这时，朱务平忽然发现站在床边的秦雅芳："这是雅芳同志吧？"

秦雅芳说："朱大哥好，看你与姐夫和姐姐拉得这么热乎，我想给你打招呼都插不上嘴！"

朱务平问秦雅芳啥时到的，又询问坐的哪趟票车，秦雅芳一一作了回答。

朱务平又咳嗽起来，秦雅芳找来搪瓷缸子，倒了半杯开水递到朱务平手中。朱务平连声道谢。

陈理真说："看看，又咳嗽了吧！"

朱务平说道："刚才来之前，啃了半块凉烧饼，嗓子渴得直冒烟。喝了点儿水就不咳嗽了。"言罢，真的不咳嗽了，就开玩笑道，"多亏雅芳这杯神水！ 又解渴又治咳嗽！"

陈理真说："老朱，真的不是开玩笑，你必须去医院瞧瞧，这是组织上的决定。"

朱务平哼哼哈哈勉强应承。

朱务平忽然想起了什么，对秦雅芳道："雅芳，你还在徐海特委吧？"

秦雅芳点点头。

朱务平说："我想和你们组织上商量一下，干脆你到我们这来工作吧，你姐姐马上要到铁路扶轮小学教书了，原先手头上的工作暂时没人顶替，你又添了个外甥女，你姐姐一人也照顾不过来，你来了之后，既能照顾你姐姐，又能做一些工作，你看好不好？"

秦雅芳喜出望外："我本人没意见，你们组织上协调好就行！"

朱务平征求陈理真的意见："理真，你看这样好不好？"

陈理真说："好是好，不知徐海特委是否同意。"

朱务平说道："我来做做工作吧，估计他们会同意的。到哪都是干革命工作嘛！"

又闲坐了一会儿，朱务平起身告辞。陈理真让秦雅芳回到他们家休息，秦雅芳还要坚持。

朱务平说道："正好我送送你，天黑不说，外头也不安全。特别是一个单身的女孩子。

秦雅芳没办法推辞了，只好随朱务平出门了。

陈理真将朱务平和秦雅芳送到门口，又嘱咐道：“老朱你一定抽时间去看看医生。对了，你吸烟太厉害了，尽量少吸点儿！”

朱务平笑道：“不吃饭行，不吸烟就没精神做事情！”

陈理真回到房里，恰巧女儿哭了。

秦雅芬让陈理真倒点儿米油喂喂，并告诉他，这是耿大姐下午刚熬的，放在水瓶里温着呢。

陈理真边去拿水瓶边说道：“我们的曼儿真疼人，刚才有人的时候她不闹，等人走了她这才叫唤，女儿真乖！”

秦雅芬边用汤勺喂女儿米油边说道：“女儿这点像我小时候，听母亲讲，我小时候就非常地乖！”

陈理真说：“你现在也非常乖啊！”

秦雅芬娇羞一笑，在女儿脸上很小心地亲了一下。

喝了几勺米油，小曼儿在秦雅芬的怀里睡着了。秦雅芬将孩子小心翼翼地放在了自己身旁，又情不自禁地吻了一下。

陈理真深情地望了母女俩一眼，含情脉脉地说道：“雅芬，你受苦了！”

秦雅芬说：“这是我们爱情的结晶！……我今天觉得，我是天底下最最幸福的母亲！”

陈理真坐到了妻子的身边：“雅芬，真的感谢你，你为我生了这么一个可爱的宝贝女儿！”

秦雅芬依偎在丈夫的怀里：“当时在产房里的时候，肚子疼得我实在是忍不住了，当时，我是多么希望你能在我的身边啊！”

陈理真说：“对不起，让你一人受罪了！俗话讲，儿奔生母奔死，我在外面真的担心死了，可我的工作不允许我回来，请你原谅我。别生我的气！”

秦雅芬微微一笑：“你也是为的革命工作，我怎么会生你的气呢！”

陈理真又想起了什么：“还有，你在徐州那次被捕，正赶上各地搞暴动，我也未能尽到一个丈夫应该尽到的责任，一想到这些我就感到对不起你们母女，我心中一直愧疚着！”

秦雅芬说道：“革命就会有危险，既然选定了这条路，就不能怕危险，甚至牺牲！”

陈理真说：“愿你们母女一生平安！”

秦雅芬说：“刚才你没来之前我还在想，我希望革命早一点成功，更希望我们的女儿能健康地成长，更加希望没有战争，人民安居乐业，幸福地生活！……”

陈理真说道：“会的，一定会的！这一天迟早会来到。我们翘首等待吧！”

“有件事情我想告诉你。”半晌秦雅芬说道。没等陈理真回答，她继续说道：“雅芳有对象了，你知道吗？”

陈理真说：“我不刚听你说吗？”少时又问道，“对方是干什么的？”

秦亚芬说道：“也是我们的同志，名字叫陈亨洲。”

陈理真想了一下：“这人我知道，参加革命比较早，好像比我入党还早，曾经当过铜山县县委委员。”

秦雅芬有点兴奋：“这下好了，也不必要我们替她了解了！我父亲因为雅芳的个人问题在我面前唠叨很多次了！”

陈理真说：“雅芳也不小了，若没问题，就赶快结婚算了。”

秦雅芬“嗯”了一声，打了个哈欠。

陈理真关切地说道：“你今天辛苦了，早点歇着吧。”

秦亚芬说：“你一天也够累的了，明天还要工作，你就躺在我们母女的脚头凑合一夜吧。”

陈理真说：“你们先睡吧，我还有许多事情要考虑，我去外面抽支烟思考一会儿再回来。”说罢给妻子掖掖被角，又美美地望一眼女儿曼儿，轻手轻脚地走了出去。

到阜阳巡视

阜阳党组织在1928年“四九”起义失败后，遭到严重破坏。1925年5月，党中央在上海召开安徽工作会议，决定划阜阳为全省第四中心区，成立地方中心支部。经过一段艰苦细致的恢复工作，于6月间成立中共阜阳中心县委，先后设机关于颍上、凤台。1930年7月，中心县委迁到阜阳南乡。不久，即失去了上级党的领导。在断绝上下交通的情况下，他们与毗邻的河南新蔡、息县的党组织发生了横的联系。1931年2月，中共安徽省委成立，由于省委书记方英(高中林)当时正在皖西苏区，所以还未能很快地取得联系。也就在2月15日这天，中共长淮特委通过的“关于工作路线及今后工作方针”决定，对“凤台、寿州、颍州、凤阳等处农民斗争的领导”，计划“在代表会之前将寿州、凤台、凤阳、阜阳以及泗州的农民运动、工运、兵运及党的详细情形完全了解，并根据实际情形布置斗争……应建立阜阳与河南苏区的交通关系，改造外县党的成分”。长淮特委书记陈理真根据特委这一决议，亲自到阜阳巡视。

陈理真到达阜阳之后，通过调查了解得知，阜阳中心县委属于党中央直接领导，但上下级交通时常受阻。阜阳中心县委在1930年给中央的报告中就说：“中央到县委的交通甚至一连三个月不来，以致县委工作不能按期和上级沟通。”由于当时新军阀混战，交通不畅，阜阳中心县委机关又多次转移，更换办公地点，所以断绝了上下联系。阜阳中心县委有半年没有和中央及省委发生关系。陈理真来了之后，接通了上下级关系，将阜阳党组织与上级党组织的关系接通，以便于工作的开展。陈理真针对阜阳党组织关系混乱，整顿了党组织。阜阳中心县委原来指导阜阳、凤台、颍上三县工作，自长淮特委成立之后，凤台、颍上隶属于长淮特委领导，阜阳中心县委虽有其名，但指导范围只有阜阳一县。他们与周边几县成立临时特委，陈理真来了之后，召开会议，进行组织整顿，在取消特委的同时，成立阜阳县委，明确组织关系，属于长淮特委领导。陈理真在会上通报了党内斗争情况：

1930 年 9 月 24 日，党中央在上海召开了六届三中全会，结束了李立三“左”倾冒险主义错误路线。接着传达了 1931 年 1 月 7 日党中央在上海召开的六届四中全会会议精神。这些党内的重大事件，由于 1930 年下半年来阜阳党组织与中央不通消息，他们不是十分了解，因而陷入盲目状态。陈理真批评他们道：“现在你们还是十足的‘立三路线’，在阜阳没有宣传工作，在大街上，传单标语都没有，可以想象出，你们的工作都干到哪儿去了！”会上，县委的一些同志也向陈理真反映一些问题。1930 年，阜阳实行地方自治，全县划十个区，而国民党训练的区长人数不够分配。自 1929 年就打入国民党乡政府担任财政局局长的共产党员张蕴华利用这个机会与党组织商定，推举了几位有文化、能力强的共产党员担任区长，以便掌握地方实权，掩护共产党活动。对于张蕴华这个人，陈理真从阜阳的一份材料上了解到他的一些信息——

张蕴华，长官镇人。自幼天资聪敏，勤学好问，性格刚强，体贴穷人，富有正义感。中学期间，在校经常阅读《新青年》《每周评论》等进步书刊，受到了新文化、新思想的熏陶。当“五四”运动的消息传到阜阳时，他与一些进步同学组织学生联合会，发动学生罢课、游行，进行声援。安庆“六二”惨案发生后，他积极投身阜阳县学生联合会掀起的声援惨案中受害的革命师生，声讨军阀摧残教育、屠杀爱国学生罪行的活动。1921 年秋，他考入武昌中华大学，如饥似渴地学习马列主义，思想觉悟和理论水平都有很大提高。次年，他休学回家，经进步人士推荐，任镇立小学校长。他一面办学，一面走向社会，支持和发动群众反对反动势力，提出“反压迫，反剥削，平均地权，打倒土豪劣绅”等口号。由于他积极参加党的活动，并有突出成绩，次年冬加入了中国共产党。他与共产党员乔锦卿、周传业、周传鼎等人建立了中共阜阳党小组。1928 年 2 月，以魏野畴为书记组成中共皖北特委。特委根据中共中央“八七”会议精神，组织和发动了阜阳“四九”武装起义。张蕴华为此做了大量的工作。起义失败后，根据党的批示，他又回到长官镇开辟以长官、临泉、曹塞为中心的党的工作。1929年，他办起了长官小学，自任校长。在校内组织学生会，提倡半耕半读，半工半读，要求学生既会拿笔，又会拿锄、拿镰。1930年，他任阜阳县财政局长，先后推荐共产党员李冠英、江化难等人分别担任地方工作。同年冬，他发动阜阳各界群众，驱除了阜阳县县长宾振远，成立了阜阳临时行政委员会，他任主任委员。次年，他主持清理财政账目，勒令阜阳“八大家”交齐拖欠的银粮。他发动农民协会，反对青夫乱加银额。农民运动如暴风骤雨，席卷全县。……在阜阳，可以这么讲，张蕴华是一个了不起的人物。

当时张蕴华担任阜阳第五区区长，曾哲清担任第六区区长，贾广聚担任第九区区长，李冠英代理第十区区长，曹国勋担任西三镇保安大队长。这几位共产党员虽然担任国民党的官，却对共产党的工作十分有利。张蕴华利用区长的权力，勒令地方豪绅献款献料，建起了育才阁教学楼，办起了师资养成所，作为党的秘密联络点，发展农协会员数千人。贾光聚利用区长身份组织地方武装，发展到一两千人。李冠英挂了个各区驻城联络处的名义，加强各区秘密工作的联系。不久，张蕴华身份暴露不幸被捕，在逮捕张蕴华那天，贾广聚发动千名武装队伍打散县训练团队人马，打伤国民党县队长等多人。吓得敌县政府急电南京求援，蒋介石亲自批文令陆海空司令部派兵驰援。后来有人说，这么做是组织不纯，这几个人的家庭出身都不够进步，家境也很富裕；也有人说，他们做国民党区长是组织上安排的，不能说是组织不纯，这是不是“左”倾机会主义在作怪呢？当时陈理真没有明确表态，他也在思索这个问题，他想在给省委写工作报告的时候，再深入探讨这个问题。因为自己在萧县加入中国共产党之后，也曾兼任国民党第九行政区区长。

陈理真帮助阜阳组建了中共阜阳县委。县委成立后，后来县委发动了老窑湖、长官集暴动，因敌人镇压和叛徒告密，两次暴动均失败。

长淮特委报告第一号

这天夜晚，爱人秦雅芬和女儿曼儿已经熟睡了，陈理真捻亮灯光，铺开纸张，将这一段时间以来长淮特委的工作做一下梳理，下午常委召开会议，他要将特委常委会研究的工作给省委写报告。这是他出任长淮特委书记以来第一次向上级写的工作汇报：

长淮特委报告第一号

——关于工作路线的检讨及今后工作方针

（一九三一年二月十五日）

省委：巡视员及00号同志来蚌以后，第二天就开了一次常委会，接受四中全会决议及反对左派反党活动，作出一个决议（另附上）。到代表开会第三天，各县代表还没到一人。因此召集一次特委全体会议，出席九人，议事日程：1. 巡视员政治报告；2. 检查长淮区工作及今后工作大体方针的报告；3. 改组特委问题。虽然讨论不十分充分，但大体是很园（圆）满的，第一项全体接受四中全会的决议（和）巡视员的政治报告，在常委接受四中全会的决议上增加两项。现在主要的是报告关于第二次长淮区工作检查及今后工作大体方针，作一详细报告，望予以指示。

一、我们肯定在广暴节前长淮区工作是重复了立三路线的错误，主要的是表现（在）特委第一号通告上，造成寿、凤红色区域与苏区打通（实际上不布置斗争），组织蚌埠同盟罢工，通东与泗州连成一气；夺取蚌埠政权的“左”倾宣传广暴节日，蚌埠没有群众基础的飞行集会（喊几句政治口号）；寿州、凤台的千人组织，只动用两百人的所谓政治示威，以及在本市平民抗捐斗争、毛巾厂斗争、伤兵斗争，在领导仍不注意群众基础的建立，只是希望把这斗争和广暴纪念拉在一堆好能示威；结果是脱离群众实际要求，群众说我们是弄得太远了。

二、广暴节后，省委巡视员来传达反对立三路线（是在调和路线之下），同时接到国际来信及国际七月决议，拿这些文件做我们进行工作的基础。所以广暴节后，我们相信工作上是有了转变，第一是注意群众迫切的日常要求，领导了码头、毛巾厂、卷烟等斗争，而且得到胜利。更都抓着如铁路、码头、包车等工作新的要求布置斗争，指导机关的命令主义精神有了真正的转变，如在铁路、码头党与群众关系是密切，群众辅助组织有相当建立，赤色工会有一点发展，全区同志有一百五十人的新发展，团的组织、妇女工作有些进步。但一方面还是有很大缺点，特别在斗争策略上犯了右倾机会主义的危险，如对寿、凤农民斗争的布置，不注意接近苏区和进攻，机械地了解国际指示，所谓每一罢工都是给红军苏维埃的帮助。因此只注意日常斗争，不去开始将积极群众组织，开始扰乱敌人后方，这是放松了拥护红军苏维埃的中心任务，还有在工人斗争中忽略反黄色工会，如码头，并且斗争方能扩大党和群众组织，工作人员有的表现消极的状态，这是在广暴后的事实，只够说明四中全会指示的立三路线不能包括两条战线斗争，主要的危险是右倾的正确的了。

我们要有真正布尔什维克的自我批评积极精神，揭发自己实际工作缺点与错误，才能保证国际路线之执行及造成转变的前程。

三、今后工作的大体方针，再将常委的提纲报告出来，工委、兵委、农委。必须拥护这个大纲，定出更具体的计划：

A. 斗争问题：1. 中心是蚌埠，是铁路、码头、粉厂、包车、毛巾厂、卷烟这几个斗争，群众迫切要求大体是找出来了，现在的问题是把这些中心要求深入到下面群众中去；2. 在这种中心要求之下，团结一部分群众来发动，用工会或其他名义组织即可；3. 有的同志或一二线索的地方，必(须)艰苦忍耐去推动，以克服在立三路线下那种清淡脱离群众的精神，到黄色工会在群众中必然出来欺骗群众，即可开始反对黄色工会的宣传工作，在码头、铁路都要求不缴会费的鼓动。

农民的对粪斗争，抗债斗争，在布置上必须以一村或几户为单位，指出对象去发动，不然还是空谈(另有报告)。

士兵要大衣、铺单、伙食尾子的斗争，铁委必须抓紧铁路、码头的本埠中心斗争及凤台、寿州、颍州、凤阳等处农民斗争的领导。

B. 工运：1. 在蚌应注意铁路、码头、人力车、汽车、电灯、航船，应注意大通煤矿、淮山火柴、长淮煤矿，加以注意铁路、码头及工人工作；2. 调查工人迫切要求制成各种工人斗争纲领；3. 宣传斗争纲领来组织群众发动斗争；4. 尽可能组织各种形式群众机关，必须群众同意才能组织赤色工会；5. 推动同志工作，即使同志不积极，也应以较容易的工作引起他们积极；6. 注意调查黄色工会活动，在群众中发动反黄色工会宣传；7. 开始宣传工人自卫组织（工人纠察队）；8. 按各种工人实际情形布置工作。

C. 兵运：1. 调查蚌埠军队及地点；2. 调查各种单位部队迫切要求，制（成）个别的斗争纲领；3. 以四十五师为中心对象；4. 极力发展群众组织，以斗争纲领来号召；5. 向已有同志及群众步（部）队中负责同志解释与讨论；6. 兵委必须集体讨论工作，分工进行工作；7. 兵委必须建立与队伍中的同志亲密关系；8. 必须将兵运计划印出发各县兵委；9. 必须经常地向省委报告工作。

D. 农运：即刻布置凤台西乡、东乡及寿州的农民斗争工作，并派得力同志到凤台、寿州，更按照当地当时的实际情形具体布置工作。1. 蚌埠附近农民生活状况迫切要（求）制成斗争纲领，开始近郊农民工作；2. 布置凤阳农民斗争；3. 对于贫佃农民斗争，应指出具体计划，特别注意与河南苏区的关系。

E. 组织部应注意：1. 建立支部及督促支部会议；2. 以四中全会决议及国际来信、国际决议为训练群众的中心，应制定训练的计划和步骤；3. 调查并统计党员数目、组织成分及工作能力；4. 加紧工人同志政治训练；5. 推动外县党的工作；6. 检查外县党员成分和发展方向；7. 监督巡视工作。

F. 宣传部应：1. 翻印四中全会决议，并制成简明的讨论大纲；2. 摘录国际来信关于立三路线指摘（责）印发给同志；3. 摘录国际决议及国际来信中关于中国革命形势估量、革命任务的指示，工运、兵运和农运的策略印发给同志；4. 指导并参加红旗的工作，红旗应组织一委员会管理，内容应注意本市及外县的工农、兵士、平民斗争和要求，国民党黄色工会的欺骗,政府军阀的苛捐杂税,红军苏维埃的消息,论文要将党的策略简单说明并联系到日常斗争;5. 根据特委的决定,起草传单及宣传品。

G. 妇女工作的对象应注意卷烟女工、拾煤贫民妇女及铁路工人家庭,尽可能推动女同志。在另一方面要调(查)这些妇女的实际生活状况及实际要求,制成斗争纲领来组织妇女斗争,妇女工作必须与工运联系。

H. 建立青年工作,应以铁路青年工人、各种职业的学徒为主要对象,此外贫民及学生也应将他们组织起来,要调查青年特殊的要求,制成斗争纲领来组织青年群众斗争。

I. 建立秘书处,集中一切文件,秘书处只许住秘书一人,秘书不参加群众接头工作,常会不必在秘书处,选择能容纳三四人的地方开会,全体会可以在秘书处开(假定是杂货店),进出时要讲究技术,全体会议议事日程及其他内容,须预先使各委员知道,在会议时很快地解决问题。常会及全体会都不能超过三小时。

J. 对于外县工作,在代表会议前应将寿州、凤台、凤阳、阜阳及泗州的农民运动、工运、兵运及党的详细情形完全了解,并根据实际情形布置斗争。对于丰台西乡、东乡斗争应特别注意加紧领导,应建立阜阳与河南苏区的交通关系,改造外县党的成分。

K. 代表会决定延长一月,(在)中心县凤阳。

L. 在代表会前必须派定、凤、寿、颖完成三(四)县代表大会及了解全部情形,具体布置斗争,充实全区代表大会内容。

M. 最后在改组特委问题上决定五个正式委员,两个候补,常委三人,书记、组织、工委,书记仍是理真同志继续,现在开始工作。

省委对我们的指导信已收到,讨论以后认为非常合适工作上的要求,我们很快乐。

我们这一报告,偏于一般工作布置,望予以迅速的指示。

长淮特委报告　二、十五

报告写完，小鸡已经开始叫头遍了。

这时，小姨子秦雅芳给陈理真端来一碗米粥，让姐夫趁热喝下去。

陈理真问道："这么晚了你怎么还没睡呢？"

秦雅芳说："刚才小文曼醒了，我帮姐姐喂她半碗米油，才刚哄睡着。"

陈礼真边喝粥边说："我是沾了我女儿的光呢，不然哪有夜宵吃呢！"

秦雅芳笑道："那可不是，若是文曼吃完了，你就没的吃了！"

陈理真说："辛苦你了雅芳。"

秦雅芳说："姐夫，文曼也是我的外甥女呢，何谈苦不苦的呢！"

陈理真想起了什么："对了雅芳，你去铁路夜校工作还顺利吧？"

秦雅芳说："夜校的妇女都是铁路工人的家属，朴实得很，她们知道我是秦雅芬的妹妹都对我十分相信。还有，刚去那天，他们都认我是姐姐秦雅芬呢，说我们姊妹长得十分相像！"

陈理真说："可不是嘛，很早以前，你们姊妹俩还在徐州三女师读书的时候，一次游行，我在队伍里发现你们，当时我还以为你们是孪生姊妹呢！"

秦雅芳笑："好多认识我们的人都这么说，当初我与姐姐去武汉的时候，就有人分不清我们谁是姐谁是妹！"

陈理真望一眼窗外："天不早了，你早点去睡吧。"

秦雅芳刚欲走，又想起了什么："姐夫，姐姐的奶水一直不足，听邻居大娘讲，猪蹄子炖豆芽管下奶，你们明天托人买些来。"

陈理真答应一声。

秦雅芳刚欲走，又想起了什么，说道："姐夫，你也早点休息吧，长期熬夜不好，你没听人家讲吗，熬夜是熬心血的！"

陈理真半开玩笑地说："今后注意！"又想起了什么，"我听你姐讲，你最近找了个对象叫陈亨洲，对吗？"

秦雅芬有些不好意思："姐姐的嘴真快！"

陈理真说："男大当婚女大当嫁，这有什么呢！ 你呀老大不小的了。 如果没问题的话，就早点结了吧。 陈亨洲也是我们的同志。 我是比较了解的。"

文曼不知怎的又醒了。 秦雅芳让姐夫进屋去哄哄，然后也回自己房间了。

石裕瑶等进步学生被捕

春寒料峭，早晨又下了一场小雨，天气更加寒意浓浓。

上午，陈理真约了朱务平到自个家里谈事情。 早饭后，陈理真左等右等不见老朱的人影，有点不放心，就假装闲逛到外面接一接。 刚走到火车站附近，就见朱务平从那旁急急忙忙地过来了。 陈理真知道朱务平眼睛不好使，也没喊他，就站在一旁等。 待朱务平走到身旁他才一把拉住了他的棉袄袖子。 朱务平这才发现陈理真。

朱务平言道："我眼拙，要不是你拉我，我根本瞧不见你，光知道前面有个人影在那儿晃。"

两人回到陈理真的家里，一进门，陈理真就让秦雅芬给朱务平拿饭。

朱务平言道："你别忙活，我已经吃过了。"

陈理真笑着说："你哄谁呢，嘴唇干焦，明显没吃早饭。"

朱务平看谎言被揭穿了，也就不坚持了。 秦雅芬端来四个杂面包子，又盛了一晚小米粥，让朱务平趁热吃。

朱务平也不作假了，大口小口吃了起来。

秦亚芬说："老朱，我包的干菜包子，你觉得味道怎么样？"

朱务平不好意思一笑："我还没顾上品味呢！"

看着朱务平狼吞虎咽的样子，陈理真心中涌起一丝苦楚，心说，我们的同志真是太艰苦了。

陈理真说："老朱，你慢慢吃，还有呢！"

话没落音，秦雅芬又端来一盘包子。

朱务平抬袖抹抹嘴："我已经吃得够饱的了。不能再剥削你们了！"

陈理真还欲劝朱务平吃，他那旁已经将烟点燃了。接着谈起了工作。

朱务平说："昨天傍晚盱眙李桂五来了，汇报了他们那儿的建党情况，还有准备暴动的事情。谈得很晚，没船了，在我那儿窝了一夜，今天早晨我刚刚送他去码头，所以来晚了。"

陈理真说："盱眙那儿群众基础不错，暴动有条件。"

朱务平说："目前正刚上闹春荒，这个李桂五，不但将自家的粮仓打开放粮，还组织人将周围地主家的粮仓打开，将粮食分给穷苦百姓，闹得如火如荼，一些有钱的富户恨他都恨得咬牙切齿！"

陈理真说："做得好，这也为下一步组织暴动打下了群众基础。"

朱务平说道："盱眙可以作为我们长淮组织暴动的突破口。理真同志，我想将在四十五师中搞兵运的武飞同志调出来去盱眙支援李桂五同志组织暴动。"

陈理真思考了一下："可以，武飞在卫立煌那儿联系了有多少人？"

朱务平说道："估计有五六十个吧。"

陈理真想起了什么："盱眙组织暴动，我们要吸取过去的经验教训，组织暴动，不但要有人，还一定要有足够的枪支。"

朱务平说道："这个李桂五，很了不起，将自家看家护院的枪支收了，又收缴了几家地主的枪支，现在已经有百多条枪了！"

"太好了！"陈理真一拍大腿。

朱务平又点燃一支烟，忽然想起了什么，从内衣口袋里翻出来一张报纸交给陈理真。

陈理真接过来一看，是上海的《申报》，在第三版上，大标题赫然写道："共党石裕瑶解总部讯办，其他被捕诸人暂行保释"。

蚌埠通讯，蚌埠军警上月在蚌山南省立第二乡村师范学校，先后捕获反动嫌疑犯十四人，经皖北警备司令部军法处，一度审讯，据被捕教务主任侯孟宣、训育主任谢觉民等供称，该校学生，惟石裕瑶、杨崇汉二人平日活动似觉可疑，十二月十一日，系共党在广州暴动纪念日，石杨二生，未经请假，擅行外出，至晚方回，又因要求发给制服，鼓动风潮，当军警检查时，石裕瑶曾在厨房焚书籍等情。军法官随提石裕瑶、杨崇汉质讯，二人均不吐实，还押后，警备司令卫立煌为求水落石出计，令该部军法处长江养正，率同军法处副官前往该校侦查，先后侦查两次，证之各方言论，石裕瑶确有反动嫌疑。军法处查核第三支队司令宋世科呈解共犯沈朝宪卷内，有第二乡村师范学生蒋毅公(即蒋传政)、蒋孟平(即蒋传和)致沈犯函中，石裕瑶亦曾附言其间，侦查既竣，复提石裕瑶侦讯五次，将侦查所得及证件——证明，驳讯再三，始无抵赖，石供认加入共党，担任宣传工作，并供系由六安人丁正芳介绍入党。丁身材短矮，满面酒刺发蓄尖顶式，年约二十来岁。复亲笔缮就报告三件(文甚长内有愿改过自新语)。警备部以石既供认加入不讳，乃于日前将石及全部证件，一并呈解南京总司令部讯办，至所供共党丁正芳，已分别呈令通缉，其余诸人，如侯孟宣、谢觉民、王宝生、杨崇汉、朱文豪、童荔民、周广谟、徐增林、程向富、翁凤兰、展昭等十一名。迭次侦讯，尚无嫌疑，均经暂行释保，听候总司令部办理，惟蒋传政、蒋传和，尚押警备部内，究竟有无嫌疑，须候侦讯明白，以(依)凭核办。(一月九日)

待陈理真看罢，朱务平言道：“一个党性不坚定的石裕瑶，害了一批人哪！”

陈理真叹了一声：“所以老朱，这给我们提个醒，以后我们再发展党员，一定要慎之又慎，否则的话，给党造成多大的损失不可估量！”

朱务平点点头，想起了什么说道：“我马上去仁寿里长淮特委机关一趟，我约顾钧同志谈个事。”

陈理真说：“上午我就不去机关了，我们铁委几个同志要开个会，研究发展党员的事情。”见朱务平起身要走，他又想起了什么，“老朱你稍微等一下。”不一会从内室里找来一张纸，交给朱务平又说道，“这是我从老家托人找来的一个偏方，说是能治疗咳血的毛病，你有空去药店配配齐，看看能不能对你的症。对了，你住的王聋子那个地方，斜对门不就有个叫王什么昌的药房吗？”

朱务平说：“王恒昌大药房。”

朱务平接过单子，看上面写道：

青黛六克，瓜蒌仁去油九克，海粉九克，山栀子炒黑九克，诃子六克。

主治：

肝火犯肺之咳血症。咳嗽痰稠带血，咯吐不爽，心烦易怒，胸胁作痛，咽干口苦，颊赤便秘，舌红苔黄，脉弦数。

用法：上为末，以蜜同姜汁为丸，噙化。

方歌：咳血方中诃子收，瓜蒌海粉山栀投，青黛蜜丸口噙化，咳嗽痰血服之瘳。

功用：清肝宁肺，凉血止血。

朱务平看后说道：“俗话讲，偏方治大病！”边说边将那张单子草率地塞进了内衣口袋里。

陈理真将朱务平送至门口，又嘱咐道：“老朱，你别不经心哪，抓紧配齐药试一试。”

朱务平漫不经心地答应一声，走了。

怀远船民反对米照捐之耿大姐送鞋袜

1931 年 3 月 2 日，怀远县船民，结队拥至怀远县稽查处门前请愿，要求放还被扣米船，稽查处打伤两名请愿船民。陈理真得知这一消息，立即联系蚌埠工商、船运界声援，于次日（3 日）组织一千多群众上街示威游行，要求当局严惩凶手。还向当地驻军四十五师师长卫立煌请愿，要求主持公道。接着，陈理真又通过关系联系到上海市商会，请求声援。4日，上海市商会致电南京国民政府行政院、财政部，恳请讯令安徽省撤销米照捐，严惩蚌埠市稽查处主任宋缄之。5日，上海各行业公会税则委员会，通电全国各地商会声援。7日，安徽省公民请愿团赴中央监察院，控告安徽省主席陈调元违抗中央裁厘命令，苛征捐税，枪杀人命等事实，要求依法弹劾。22日，皖旅沪同乡会等团体联合向中央请愿，要求撤惩纵兵抢劫制造怀远惨案的陈调元，从速取消严密附加捐，退还非法征收款。27日，安徽省被迫决议，撤销轮船、帆船米照捐，并要求稽查机构退还怀远被扣米船。抗捐取得完全胜利。

接着，陈理真又组织船民到蚌埠稽查处要求严惩稽查处主任宋缄之并赔偿船民的医药费和误工补贴。看到船民的声势浩大，不处理是不行了，在蚌埠市工商局及船运局的干预下，蚌埠市稽查处主任宋缄之被撤职查办，又赔偿了那两名船民的医药费还有误工费，这事才算彻底平息。

处理完抗捐斗争，直到掌灯时分，陈理真才回到家。一进家门，才晓得妇委的耿建华大姐早已经在家里等候。耿建华是专门来给小文曼送鞋袜的。耿大姐给文曼做了一大一小两双绣花鞋，说是小的现在穿，大的那一双等文曼长大了以后再穿。

陈理真连声致谢，说："耿大姐，你想得真周到。"

耿建华又用手套线给文曼织了两双袜子，还用红颜料染了，给小孩穿上，不大不小正合适。喜得小文曼咧着嘴笑个不停。

秦雅芬说："这么小就知道好歹，喜欢穿新的。"

陈理真说："耿大姐，难为你了！"

耿建华说："雅芬年轻不会做针线，也没那工夫，前两天有点儿空，两晚上，两双鞋两双袜子就完成了，没想到这么合适。我是估摸着做的！"

站在一旁的秦雅芳插嘴道："没想到，耿大姐的手这么巧，你看小鞋上那只蝴蝶绣得真好看！”

耿建华想起了什么，说道：“雅芳，听讲你已经说好了婆家了，抓紧结婚吧，等你有了孩子，我也给你做鞋织袜子！”

秦雅芳的脸被羞红了，去厨房给陈理真热饭去了。

趁着这点儿空，耿建华给陈理真汇报妇委一些工作，她将这段时间全市妇女工作的大致情况汇报之后，最后有一件事情想向陈理真反映反映，耿建华说：“我们夜校有个妇女叫张五妹，人长得很标致，很泼辣，工作能力也很强，群众关系也非常好，我们想发展她，就是她的丈夫老拖她的后腿，不让老婆上夜校，说是影响做家务，其实就是借口。听张五妹讲自从她上了夜校之后，她家的家务从来没有耽误过，她男人就是不愿意她抛头露面，就是封建思想，生怕他的女人被坏人勾跑了！”

陈理真讲：“这是典型的封建残余，我们一定要与这种人作坚决的斗争。”

耿建华说：“我们已经与张五妹的男人谈过两次了，表面上虚心接受，后来一见我们去他家，他就躲。前天他还动手打了张五妹。”

陈理真问：“这个男的有没有工作？”

耿建华说：“就在你们铁路上工作，听说还是个小头头。所以我想请你们铁路工委出面给做做工作。”

然后耿建华将名字告诉了陈理真。陈理真在日记本子上记上了。

陈理真说：“明天一早，我就让俊三同志去落实，然后找他谈话。及时给你反馈消息。”

这时，秦雅芳端着饭过来了。陈理真刚刚准备吃饭，忽然外面有人敲门，来人是许立民。他是来接耿建华回家的。虽然他们在特委是假夫妻，但假戏还得真唱，为的就是安全。

吴圩党组织发展及农民暴动前夜

定远吴圩地区党组织建立得比较早，发展也比较迅猛，群众基础也很好，组织暴动可能性也比较大。陈理真来蚌埠之后早就想过去看看，却一直没抽出时间。1931 年 3 月，吴圩区委成立，作为直属长淮特委直接领导下的吴圩区委，陈理真与朱务平应邀前往祝贺。

开往定远的班车每天只有两班车，上午一班，下午一班。这天上午的车旅客非常少，包括陈理真和朱务平两人，车厢里不足十个人，为了讲话方便，他们两个人坐在汽车的最后一排座位上。

吴圩位于定远西南，西连寿县南接肥东，这里交通闭塞，经济落后，加之地主恶霸横行乡里，兵匪勾结欺压百姓，生灵涂炭，人民无时不在死亡线上挣扎。

朱务平告诉陈理真，1929 年 2 月，共产党员秦子扬在凤阳因遭国民党通缉，通过同学的介绍，来到吴圩小学任教，继续从事革命活动。秦子扬经常向教师和学生宣传进步思想，并让他们阅读《拓荒者》和《新青年》等一些进步书刊。同年 3 月，第一个发展吴圩小学校长吴云汉入党，接着又发展吴圩小学教师朱阶平等人入党，后来成立了吴圩地区第一个党小组，秦子扬任党小组长。此后，秦子扬又在农村中发展杨守柱等十三个农民入党。1930 年 3 月，吴圩地区第一个党支部——寺门口支部宣布成立。吴圩小学教师朱阶平任支部书记，吴云汉、杨守柱两个同志任支委。为了发展和加强定远党组织，1930 年春，中共凤阳县委先后派党员张婉茹、蔡仞九、武可铮、尹亚龙等到吴圩等地任教，定城先后成立了党团支部。从此，吴圩党组织的请示、报告，均由定城传递。

1930 年 8 月，共产党员戴国兴因在家乡领导农民暴动失败后，遭通缉被迫离家出走，来到吴圩，通过同学朱家廉的关系，与当地党组织接上关系。

陈理真问：“是不是家住霍山的戴国兴？”

朱务平说：“正是。”

继而，朱务平继续说道，戴国兴又名戴绍伦，也是个老革命者，霍山县磨子谭乡石槽村人，他自幼读书，聪明伶俐，深受邻里和家人喜爱。1927年，年方十九岁的戴国兴怀着报国为民的决心，考入了六安三农中学。入学后，他广交益友，主动接触进步人士，积极参加革命活动，不久便参加了中国共产党。当年暑假回乡，正逢本乡德高望重的老人陈赞夫病逝，他奋笔为陈赞夫老人写了一副挽联："堪叹中原无净土，长辞浊世返仙境。"表达了他对现实的不满和对国民党反动统治的愤恨。1928年秋，三农中学党组织派戴国兴回乡从事革命活动，他在磨子潭东河岸的祝家庵办起了一所小学。白天用各种形式给穷苦孩子们讲解革命道理；晚上走村串户，向农民兄弟讲述穷人一天累到晚吃不饱、穿不暖的原因，激发广大贫苦农民起来革命的斗志。他发动农民群众书写"富人不给主人权，穷人不还富人钱"等鼓动性标语，到处张贴。在艰苦的环境中，他给要好的同学诸技岩写信说："大丈夫一直向前，百折不回，纵不能流芳千古，也当于生无愧。"戴国兴表现出一个革命者坚定的革命信念和决心。

陈理真插话："我们现在一些革命同志，就是缺乏这种坚定的信念！"

朱务平点点头，继续说道，1930年春，戴国兴与一个叫戴绍祥的民运领导人协商，决定建立农民武装，组织暴动，打倒土豪劣绅，成立苏维埃政府。同年7月，戴国兴和戴绍祥在石槽茶行召开了一千多人的大会，到会的群众推选戴绍祥为苏维埃政府主席，戴国兴为政治指导员。戴国兴在会上发表了慷慨激昂的演说，他引用诸葛亮的一句话说："与其坐等死，不如发之。"号召农民拿起武器，进行斗争。他还在会上做了攻打东溪、西溪保安团，活捉土豪潘杰三的动员。7月19日晨，磨子潭农民赤卫队在戴兴国、戴绍祥的率领下，宣布起义，然后攻打潘杰三的老营。潘杰三固守顽抗，久攻未下，赤卫队只好撤回了磨子潭。几天后，赤卫队在红军钢枪队的支持下，再次向潘杰三的老营发起进攻，潘杰三带枪逃跑。农民赤卫队取得了初步的胜利。不久，红军开进大别山，潘杰三召集人马卷土重来，农民赤卫队顽强迎敌，但因寡不敌众，伤亡重大，被迫转移到胡家河、油榨岭一带休整。

接着，国民党对赤卫队进行清剿，戴国兴只好别离妻儿，长途跋涉来到定远县吴圩，寻找党组织。通过朱家廉等同学的关系，戴国兴与吴圩党组织接上了组织关系。又积极投身于革命斗争。他在湾孙、庙张小学任教期间，不仅向师生们讲解革命道理，还深入周围农村访贫问苦，宣传马列主义。他创作的《穷人歌》曾在西南广为流传。

车上客人本来就不多，沿途又下去两个人，剩下几个旅客都在打瞌睡，朱务平看一眼车厢里面昏昏欲睡的旅客，小声地哼起了《穷人歌》："我家也有爹和娘，疼爱儿女何尝不一样。为什么偏让我替人家把牛放？整天赤着脚，遍身无衣裳，渴了喝凉水，挨打是寻常，一到放牛岗，两眼泪汪汪。想起终身事，一辈无指望，哪有银钱过得好时光。黑暗旧社会，逼得穷人这个样……"这首《穷人歌》唱出了贫苦人民的心里话，激发人民争自由，求解放。戴国兴白天教书，夜晚深入农民家组织农民协会，分散的农民很快地组织起来了，三五人一小组，夜间在田冲河畔活动，内容主要是号召穷人要当家做主，必须组织起来，打倒地主。广大农民纷纷加入农会，会员遍布吴圩、站岗、卜店、张桥和杜集等地，党组织因势利导，在农会的基础上又组建农民赤卫队。从1931年元月开始以保家防匪自卫的名义，收集民间红缨枪、土枪等武器。后来决定扩大收集，一是收集民间的保家枪，二是内部筹资买枪，三是向富户借枪或要枪。连月来除了收集大批的土枪、大刀、红缨枪，还有几十支钢枪。赤卫队遍及吴圩、站岗、卜店、张桥等地……

说着拉着，时间过得很快，远远地就望见了吴圩。离吴圩还有几里路的地方，汽车拐弯顺官道继续向定城方向开去。陈理真和朱务平下了车，正准备着步撵赶往吴圩。这时吴圩地下党派来接人的马车恰巧也赶到了，二人坐了上马车赶去吴圩。到了吴圩，老远就望见四处红旗招展，人头攒动，就像是农村赶会似的。会议开始后，朱务平宣布吴圩区委成立，会上选举朱阶平为区委书记。最后由陈理真代表长淮特委讲话。陈理真首先讲了国内斗争的形势，最后提出吴圩群众基础好，斗争的热情高涨，暴动的条件已经成熟，适时可以考虑组织暴动……

当晚，陈理真、朱务平、区委书记朱阶平及区委几个委员，仔细研究下一步组织暴动的相关情况及暴动的方案。而后，陈理真和朱务平又与戴国兴就有关暴动的话题进行了长时间的交谈。

吴圩区委成立之后，党组织活动更加活跃。1931 年初夏，吴圩党组织发起建立定远县校长联合会，对外称参观团，以朱阶平、吴云汉为首的参观团，打着旗子浩浩荡荡奔向定城，沿途除书写“反对国民党各级官府侵吞教育经费”等一般性标语，还张贴“平均地权”“节制资本”“反对高利贷”等政治性标语。国民党当局非常震惊，也令一些地主豪绅大为吃惊，惶惶不可终日。

瓦埠暴动

1931 年 4 月初的一天中午，陈理真到汽车站等朱务平。按照事先约好的时间，朱务平赶中午一班车回蚌埠。

朱务平是前天上午去的寿县，按照省委的指示，主要是调查瓦埠暴动失败的原因。

瓦埠位于寿县东南乡瓦埠湖畔，瓦埠的人民有着反帝反封建斗争的优良传统。早在 1922 年，瓦埠就有两三名党员的组织。1923 年的冬天，瓦埠第一个党支部——小甸特别支部建立。到 1931 年为止，瓦埠的党组织已经发展到十三个支部，并有农协会、妇女会、儿童团等群众组织。他们受尽统治者的压迫和剥削，不断地向当局和地主豪绅进行抗捐、抗税、反饥饿、反压迫、田野抢粮等一系列斗争。同时，瓦埠这儿又是多灾的地区，农谚云：“三年干，三年淹，三年蝗虫遮满天。”自然灾害连年不断，人民生活极端贫困。统治阶级不但不体恤人民的疾苦，反而加剧对人民的剥削，千方百计鱼肉人民，人民对他们恨之入骨。加之这个地区是大别山苏区的外围，红军胜利的消息不断传到这里，大大地影响和鼓舞了瓦埠人民的革命热情。因此，这里的革命有一触即发之势。前不久，终于在瓦埠湖畔爆发了声势浩大的农民革命运动。这就是有名的瓦埠暴动。

朱务平一下汽车，陈理真老远地望见了他。一见面陈理真就询问朱务平事情进展还顺利吗，朱务平点点头。

陈理真又问朱务平午饭吃了没有。

朱务平说道："哪顾得上呢，早饭都没吃呢！"

陈理真说："我想你也不会吃的。"略顿又说，"附近有家馄饨店，我过去与秦雅芬曾来这儿吃过一回，味道不错。也很僻静。对了老朱，你不是喜欢喝馄饨吗？"

朱务平笑道："再喜欢，我们也不能天天吃，那得多少票子啊！"

陈理真说："这两天你辛苦了，我请你，今天你放开肚皮吃吧！"。

朱务平哈哈一笑："那我就不客气了。"

走过一条街，馄饨店就到了，地方不大，倒也干净。中午饭时过了，店里没有几个客人。为了便于说话，陈理真找了个小隔间，然后向店家要了三碗馄饨。

朱务平有点儿疑惑："老陈，我们两个人怎么要了三碗呢？"

陈理真说："给你准备两碗。"

朱务平说："那我不成了饭桶了！"

看油饼烙得不错，陈理真又要了一斤油饼。

朱务平不让陈理真买油饼："别浪费，吃不了的。"

陈理真说："吃不了不怕，留着给你晚上当晚饭。"

朱务平不再坚持，自言自语道："顿顿洋面油饼，我已经超过地主的生活了！"

落座之后，在等馄饨的当口，朱务平便将此行去寿县的情况说了一遍：

"上个月27日，中央派巡视员高中林（原名方运炽，又名方英）来寿县。在瓦埠召开寿（县）凤（阳县）阜（阳县）三县负责人干部会议，传达中央关于‘立三路线问题的决定’，讨论了立三路线的危险性，指出过去立三路线只注意武装斗争，未与经济斗争结合的偏向，以及如何扭转这一错误偏向而代之以‘国际路线’的问题。会上，成立皖北中心县委，并决定今后搞武装（政治）斗争必须同经济斗争相结合。在会议即将结束的时候，瓦埠党支部书记王汉平进来报告说，伪县长带七八十个军警奔瓦埠来了，具体情况不明。高中林连夜召开县、区干部联席会议，会上决定缴伪县长人的枪，认为这是夺取武装、发动游击战争的机会。”

馄饨和油饼一起送进来了。他们边吃边拉。看店家走了，朱务平接着说道：“高中林估量了当时的客观形势：1. 在寿县和正阳关一带没有反动军队；2. 统治阶级——地主豪绅互不团结，甚至有矛盾；3. 广大群众基础较好；4. 邻县定远也要发动游击战争。但是，有的同志反对，理由是：1. 党在群众中没有真正的力量和基础；2. 没有很好的准备，突然来决定发动游击战争是困难的，特别当没有很好的领导力量时，因此不主张立即暴动。”

陈理真插话：“我个人认为反对是有道理的。立即开展游击战争的确有点太盲动了，别说行动上了，就连思想上也没有一点儿准备。”

朱务平继续说道：“高中林指出，‘发动游击战争是国际路线所指示的中心任务，我们要坚决执行’。有的同志提出是否要估计阶级力量对比，如果不按照客观实际办事，是不是重复立三路线的错误。高中林反驳，‘我是在中央反对立三路线最坚决的一个。这不成问题。’”

陈理真打断朱务平的话：“反对立三路线态度坚决，你现在所执行的不一定就不是立三路线，还是要根据实际情况来判定。”

朱务平点点头，接着说道：“当时，也有的同志认为缴伪县长人的枪是有可能的，理由是县政府的军队路途生疏，我们则熟悉地形。于是大家便在这一理由下做出了决定。至于我们的武器如何解决，大家研究，一是每人各自想办法搞一支枪，自己没有的，可通过私人关系去借。二是动员戚连雨参加暴动。戚家比较富，但是受当地大地主欺压，对欺负他们的人非常憎恨。戚家有一二十条自卫枪，最好争取过来。三是缴地主土豪家的枪支。但是到了下午，瓦埠支部又来报告，说来的不是县政府的军队，而是当地的保安团，或是联庄会，领头的不是什么伪县长，而是伪区长路奎汉，大约二三十个人，是来保卫区公所武装的，由叛变分子邵杰做向导，团丁都是本地人。在这种情况之下，有人反对去缴枪，理由是敌我双方都是本地人，这就完全失去了我们的优越条件，因为敌人也同样熟悉这儿的地形，再说，既然是本地的反动武装，则随时都可以发动群众夺取，不一定现在夺取，况且我们现在连枪都没有。高中林反对这个意见，说这是等待主义，是只要小干不要大干，既然决定发动游击，就不管如何都要去干。于是，成立了行动委员会，行委书记曹鼎，委员有杨盟山、魏化祥，薛骞负责军事指挥。计划是先擒住伪区长路奎汉，缴他的枪，再缴地主豪绅的枪，最后发动群众扒粮。”

馄饨吃完了，工作还没有讲完，再在那儿说话，怕引起店家怀疑，瞧见马路中间有处街心公园，还有供路人歇腿的石凳空着，两人就拎着没吃完的油饼，到了街心公园，继续说话。

朱务平说：“我简单点儿说。3 月 29 日深夜，游击队从四面八方云集至泰山庙，短枪藏在怀里，长枪藏在秫秸捆里。但由于负责指挥的薛骞贪生怕死，迟迟不敢行动。给了叛徒方策可乘之机。方策将机密泄露给其地主父亲方振九，方振九又传给土豪李迪甫，李迪甫又报告给伪区长路奎汉，路便从黄子岩家后门溜走，沿着干涸的瓦埠湖往寿县方向逃跑。游击队追之不及，领导成员又在泰山庙重新研究。一种意见认为力量不足，既然未捉住路奎汉，就应该解散回去；另一种意见认为，既然行动敌人已经知晓，我们不干掉他们，他们也会干掉我们。后一种意见较为强烈。最后中央特派员高中林认为已有较好的群众基础，又集中了一部分人和枪，群众有要求迫切，便毅然决定暴动。同时，在军事上做了整顿，撤了薛骞的指挥职务，成立了

‘皖北红军游击队’，方和平任大队长，曹鼎任参谋长，下设三个中队。3月30日，暴动队伍涌向瓦埠街，在望春园饭店门口竖起了镰刀斧头大旗。上午，三个中队分头逮捕了地主豪绅黄洁等十多人，接着又分头到附近农村，逮捕了方振九等地主豪绅，地主豪绅闻风丧胆，纷纷前来缴械。地主马子尚派人前来谈判，愿交一半枪，要求不要扒他们家的粮食。游击队拒绝了地主的要求。次日，地主杨甫成见游击队进村，吓得不敢开门，从窗口将家中的枪支丢了出来。当地群众编了一套顺口溜：‘一九三一二一三，誓死拼命夺枪杆，地主吓得门闩上，拱手将枪交给游击队。’两天来游击队共收缴长枪一百多支。后来，由于敌人反扑，将游击队包围，为了缓解局面，游击队将逮捕起来的地主豪绅全部释放。4月1日，杨家庙联庄会来了，其他地主武装也倾巢出动，计有一千多人，向游击队发动攻击。在这敌强我弱的情况下，游击队连夜转移，离开瓦埠街，占领了张嘴子一带三个圩子，反动武装又跟踪包围了这三个圩子。接着，邵店、双庙的联庄会，路奎汉的反动武装，伪县长张相坤和县自卫大队带着援兵集结而来，游击队昼夜坚守三面靠水的张嘴子，英勇奋战，打退敌人无数次进攻，但因敌众我寡，无法突围。此间，高中林离开瓦埠到苏区去了。瓦埠区委便在鲁城举行紧急会议，决定以私人关系向一些开明的地主士绅借来二十多条枪支，子弹两千余发，由曹为邦等同志率领，打着小甸联庄会的旗号，准备从东面突袭敌人，掩护游击队乘夜间突围。区委派游击队员宋德渊同志去游击队送信。不料宋德渊在途中被敌人发现捉住，虽遭严刑拷打，始终没有暴露自己的身份，并妥善处理了秘密信件。敌人查不出证据，便将宋德渊放了回来。接着，区委又派一个姓曹的同志，化装成货郎，才把信送到。游击队这才组织突围。疯狂的敌人恼羞成怒，放火烧毁了张家嘴一带几个村庄数百间民房。第二中队长戚连雨及十七名游击队员英勇牺牲。瓦埠暴动就这样结束了……”

陈理真叹了一口气：“瓦埠暴动失败的原因，是没有从地理环境和基本条件出发，一味强调贯彻‘国际路线’，犯了教条主义的错误。

再者，在经济斗争取得胜利之后，本应乘胜前进，向其他地方转移，但却一直击而不游，结果形成被包围的局面。”

朱务平卷了一支毛烟，点燃，深深地吸了一口，说道：“暴动的准备工作不够充分，比如没有做好宣传鼓动和组织工作，仅仅号召群众扒粮，没有强调政治斗争的重要性。扒粮的群众缺乏秩序，听说扒粮一哄而来，见到敌人一哄而散，造成游击队没有群众，单独抵抗来敌。在游击队内部，也未充分做好思想教育工作，未经严格训练，拉起来就干。意见不统一，行动不一致，因而战斗力不强。”

陈理真说：“对敌人过右，将逮捕起来的地主豪绅全部释放，致使他们回去后又集结武装向游击队进攻。”

朱务平吐掉烟头，气愤地说道：“对参加暴动人员审查不严，个别不纯分子向敌人通风报信，泄露了机密，敌人潜逃，致使暴动失败。”

陈理真说：“形势紧张之时，巡视员高中林离开瓦埠，影响了暴动队伍的战斗信心，挫伤锐气，使作战盲无头绪。”

后来在总结这次暴动的经验时，长淮特委认识到，瓦埠暴动虽然失败了，但它在政治上与历史上具有深远的影响和意义。这次暴动，吸引了敌人一部分兵力，声援了红军击退国民党反动派向鄂豫皖苏区的第三次“围剿”，打击了封建地主豪绅的势力，同时也锻炼了广大革命群众，消除了原来对所谓“开明士绅”的幻想。这次暴动是对革命力量的检阅和考验，也是寿县革命由经济斗争发展成为政治武装斗争的转折点。瓦埠暴动，拉开了寿县武装斗争的序幕，使人民进一步懂得了以武装的革命反对武装的反革命的重要性，武装力量不断发展和壮大。

蚌埠报告

昨夜，陈理真将这一段时间以来的长淮区的组织情况、工人斗争情况以及抗捐斗争和特委改组等情况写了一份报告。早饭后，陈理真约了朱务平和许立民两个常委，在自家讨论报告的内容。人到齐之后，秦雅芬抱着孩子在院子门口望风。说好了，若是遇到紧急情况或是有陌生人来，以孩子啼哭为信号通知屋里人。

会议开始之后，由陈理真宣读报告内容：

1. 长淮区的组织情况，这分两方面：(1) 本市的，(2) 外县的。最近以来，本市的工作甚为发展，在码头发展了三人，现在组织了十七人的拳术团，铁路读书班有六个是工程处的人，现正在发展十一人，这读书班现在可以有俱乐部的雏形。黄包车有六个同志，有一群众组织，名称互济会，有五十人，都缴过会费，班上有两个群众对象。士兵中有二十同志，(警察十人在内)，十八个群众用兄弟团名义组织的。学生有一个支部，面粉厂一个支部，毛巾厂有一个支部，共八个支部，同志六十人。(3) 外县的，凤台有七千个农民会员，一百二十八个同志，富农很少(七人至十人)，主要是贫农，中间有一两个缝工，士兵中有几条线索。寿州有两千人，是有组织的群众，有两百个同志。凤台妇女工作有一百一十人的发展，是妇女协会组织形式。在妇女协会中她们也提出离婚口号，我去了以后把它合并到农协中去成立妇女委员会。雇农工会那边没有，那边同志以为既有农协就不必独立雇农工会，同时以为雇农斗争比较难。那边没有城市工作，不发展女同志，群众成分比党的成分好，领导机关多半是富农。团的工作，少年先锋队甚为发展，但在先锋队中不注意团的组织的发展。阜阳有六个月没有和中央及省委发生关系，现在还是十足的立三路线，党的成分非常不好，内中有几个区长及保卫团董，他们自动成立了特委，同志有千多人。七县中只有三县有组织。他们的代表会讨(论)，党的任务是：一是切断东西二路；二是推动皖东革命高潮。我去报告了四中全会决议。我们那边组织都偏重乡村，那边农民分粮斗争甚为紧张。他们只注意农民运动，其他工作不注重。在阜阳没有宣传工作，传单、标语都没有。霍邱我们有一百三十多支枪，和红军发生横的关系，他们散布在南乡，在武装队伍中有土匪五十人，其他是贫民及农民。

2. 斗争形式：(1) 自发斗争，大通煤矿斗争有一千多人，罢了三天工，内中没有我们的组织。他们罢工的原因是和护矿队冲突。淮安反对盐税的斗争。我们现在派一人到矿山中去了。(2) 我们领导的斗争，反对增加擦车的斗争，没有发动起来，码头反对取消工作斗争，不还账的斗争，要求加二成工资的斗争，黄包车减租的斗争，士兵的伤兵斗争，我们在布置，有三个群众去活动，提出自己管理伙食的口号。农民斗争在凤台是布置雇农斗争，提出工作时间要喝开水，吃晚饭时要喝酒，草帽、手巾由老板出。分粮斗争，他们提出要先向自己包货主作这个斗争，是富农领导的。其他各地没有领导起来。在绥(睢)宁发动抗捐斗争，并且有相当胜利了，在凤台的妇女斗争是离婚的斗争，我们对于这斗争感到十分困难，因为那边习俗的关系，弄得不好就要影响组织。在凤台一带受红军及苏维埃运动的影响，群众斗争情绪非常之高。

3. 凤阳县委成分好，有三个工人。凤台一个中农，两个贫农，书记是脱离家庭的流亡者，是个小地主，其他两个也是小地主，但家中都被白军烧光了。

4. 一般都是领导机关不起作用，县委有十天或七天见一次面的，县区委不去深入群众、了解支部，如规定十五天巡视一次支部，给同志错误的是处罚、罚苦工，命令如果不发展一定的同志则开除。

5. 特委已改组，去了二人表现不好，时时怠工的，是知识分子。检查工作我去了还好，他人去后不接受。此外有一对母女同志因实际上不能工作去了。书记兼宣传是我担任，朱(务平)兼组织，另一同志(刘俊三)兼职委，另有蚌市工作委员。宣传工作实际非常放松，对干部分子我们曾办了一个训练班，有三人，每一个同志规定每月有一工作报告，发表给他们填，三天检查一次。

读完报告之后，陈理真征求朱务平和许立民的意见：“老朱、立民同志，对于这个报告我写得有点儿仓促，你们看看还有哪些地方没有写周全的，还有，对于这个报告有啥意见和建议，希望你们开诚布公地提出来，我再作进一步修改。”

朱务平说：“我个人觉得写得很全面，没有需要修改的地方。”

许立民说：“我赞成老朱的意见。”

陈理真说：“既然我们常委会通过了，下午我就报上去了。”

突然，外面传来孩子的啼哭声。陈理真顺手将报告塞进沙发的垫子下面，然后招呼朱、刘二人从后门出去。

二人安全走了之后，陈理真急忙将报告塞进厨房的木柴捆里，刚收藏好，秦雅芬就抱着孩子进屋来了。陈理真问：“什么情况？”

秦雅芬说：“刚刚有两个男人在院门口探头探脑的，不像是好人，所以我就在文曼的屁股上掐了一把。结果孩子一哭，那两个男人掉头就走了。”

陈理真从秦雅芬手里接过孩子，在女儿的小脸上亲了一下：“看看我们的小文曼多厉害啊，这才几个月，就能为革命站岗放哨了！”

《斗争》与青工的故事

这天上午，陈理真刚到扶轮小学铁路工委机关办公室坐下，准备写一份调查报告，刚铺开纸，刘俊三突然闯了进来。

陈理真看到刘俊三惊惊慌慌的样子，急忙起身倒一杯开水给他，让他别急慢慢说。

刘俊三说：“机车场有个青工叫侯三，也是我们要培养的对象，前两天我与崔子庭还有车站站房的老陈在车场内贴了我们铁路工委出的《斗争》小报，可能被风给吹掉了，也许是没粘牢，反正是掉下来了，侯三好心找来糨糊，将报纸又给粘好了，不知被哪个王八羔子汇报给了警察局，这不刚刚，来了几个警察将侯三给带走了。”

陈理真问：“是哪一期小报？”

刘俊三说：“就是刊登中共六大召开的消息，还有‘中国共产党十大纲领’的那一期。”

陈理真从柜子里找出那张报纸，上面的确刊登了中共六大召开的相关内容：

中国共产党第六次全国代表大会于1928年6月18日至7月11日在苏联莫斯科近郊兹维尼果罗德镇的塞列布若耶乡间别墅召开。出席这次大会的各地代表142人(其中有表决权者84人),代表全国党员4万多人。共产国际负责人布哈林和国际东方部负责人米夫也参加了大会。此外,参加开幕大会的还有少共国际、赤色职工国际的代表以及意大利、苏联等国共产党的代表。在大会上,共产国际代表布哈林作了《中国革命与中共任务》的政治报告,瞿秋白作了《中国革命与共产党》的政治报告,周恩来作了《组织问题报告和结论》及《军事报告》,刘伯承作了军事问题的副报告,李立三作了农民土地问题的报告,向忠发作了职工运动的报告。

大会清算了陈独秀的右倾投降主义路线,同时批判了瞿秋白的“左”倾盲动主义错误,明确了当时中国革命的性质仍然是资产阶级民主革命,提出了党在民主革命阶段的十大政治纲领:第一,推翻帝国主义的统治;第二,没收外国资本的企业和银行;第三,统一中国,承认民族自决权;第四,推翻军阀国民党政府;第五,建立工农兵代表会议(苏维埃)政府;第六,实行八小时工作制,增加工资、失业救济与社会保险等;第七,没收地主阶级的一切土地,耕地归农民;第八,改良士兵生活,分给土地和工作;第九,取消军阀地方苛捐杂税,实行统一的累进税;第十,联合全世界无产阶级和苏联中国共产党……

下面还刊登一些有红军胜利的消息。

刘俊三喝一口水说道:“这个小侯,思想比较积极,对我党有好感,也参加了一段时间的夜校。我们一定要设法营救。他的确是为我们背了黑锅。”

陈理真说:“营救是该营救,不然谁今后还会接近我们啊!”

刘俊三想到一个主意:“我们就说那个小侯没上过学,他将小报粘好的确是无意。的确小侯不认得几个字,除了认得自己的名字之外。”

陈理真说："对！"然后让刘俊三现在就去到切面店找朱务平，他说："老朱警察局认得人多，也有点儿特殊关系，你就按照你刚才讲的，谎说这个小侯不识字，粘贴报纸纯属无心无意。"说着从抽屉里拿出两块银洋，递到刘俊三的手中，"再让老朱使点儿钱，估计警察局会放人的。"

刘俊三答应一声走了。

陈理真关起门来，继续写他的报告。

调查报告写到下午三四点钟才写好，光顾写东西了，连午饭都没有回家吃，还是爱人秦雅芬将饭菜用提盒送来的。每每写完东西之后，陈理真总有一种成就感与陶醉感，他又将那份调查报告审读了一遍，没发现有什么需要修改的地方，这才拿过提盒，准备吃饭，突然感觉腹内一阵饥肠辘辘。

这时，朱务平推门进来了。陈理真就知道事情有了眉目。果不其然，朱务平一坐下就说道："有熟人就是不一样，大事化小小事化了了，这不，那个青工小侯没事了。"见陈理真面前的提盒，不由问道："你还没吃午饭哪理真？"

陈理真说："光顾写东西了，忘记时间了。秦雅芬先前送来的。"少时又说道，"送的饭菜多，你中午吃没吃，要不再吃点。"

朱务平说："今天我可吃了一回饱饭，上午刘俊三不是去找我吗？办完事之后，我们俩看到街上有烤红薯的，捡大个的，我们俩一人一个，撑死我了！"

陈理真问："事情办好了？"

朱务平"嗯"了一声，接着从身上掏出两块银洋，"钱没花出去，完璧归陈。"

陈理真"呵"了一声。

朱务平说："我一到警察局，接手办案子的是我的一个熟人，我连临时买的一包好烟都没拆，还是他给我上的烟。一支烟吸罢，二话没说，放人！你说这事情办得咋样？"

陈理真说：“老朱出马，一个顶俩！”

朱务平哈哈大笑：“我去上班去了，不耽误你吃饭了。”

陈理真猛然想起了什么：“对了老朱，你来了，我正有件事情与你商量。”说着从抽屉里拿出来一张纸，交给朱务平，说道：“昨天刚收到的，省委决议，规定在‘五一’前后，从产业工人中选拔一部分优秀的同志，充实到红军中去工作。上海各区为三十一人，徐州、海州、蚌埠、海通、扬州、丹阳、常州、南京、松浦、分别为十五人、十人、五人不等，共计抽调工人八十五名。你对我们蚌埠工人情况比较熟悉，也较了解。你考虑一下，派哪几位同志去比较合适。”

朱务平看罢文件说道：“你现在首要的事情是抓紧吃饭，我去外面抽支烟，等你吃完饭我们再议，好吧？”

陈理真笑道：“我真的饿极了！”

长淮特委组织散发传单　省委指示建立革命武装

蚌埠国民党机关团体在小南山开会，进行欺骗宣传，为了戳穿敌人的阴谋，中共长淮特委决定以散发传单的形式，揭露其真面目。散发传单由许立民、顾钧和一名共青团员前往实施。另外，安排两名共产党员的警察作掩护。

早晨有雾，很大，对面四五十米就看不清楚行人，蚌城笼罩在一片迷茫之中。这给散发传单提供了很好的便利条件。

陈理真不放心他们散传单的同志，准备前去照应一下，如遇突如其来的情况，好做应对工作。为了安全起见，他让秦雅芬一同前去，将孩子交给耿建华大姐照料。事先他们已做好了调查，小南山会场对面正好有一家茶馆，陈理真与秦雅芬早早地来到了茶馆，边喝茶边查看外面的情况。

国民党好像对这次的会议没有多少思想准备，防备也不是怎么严，来开会的人松松散散，虽然负责治安的警察还有宪兵是全副武装，但他们的目光全是懒散得很，没有一点儿防范的意识。腰挺得不直，腿绷得不紧，也许是觉得有大雾掩护，不担心会出什么问题吧。

开会的时间定在早上八点钟，大约七点半的时候，坐在茶馆窗前的陈理真夫妇就已经发现许立民他们。突然在人群密集的地方响起了鞭炮声，那是许立民燃放的，许多人驻足观望，觉得怪热闹，误认为是会议上布置的。就在这时，埋伏在会场二层门脸上的顾钧和那个青年团员将怀中传单像天女散花似的从半空撒了下来。一开始大家不知道发生了什么情况，又放炮又散发传单，以为是会议上安排的，当发现传单上的文字时，方大梦初醒。接着，警笛长鸣，许多警察和宪兵向散发传单的二层门脸上冲去，企图抓住散发传单的人，在内线警察的照应下，许立民、顾钧等三人早已不知去向。等到陈理真与秦雅芬赶到长淮特委办公地点的时候，许立民等三人早已平安回来坐在那里喝茶呢！

朱务平上午到一个工厂召开支部大会去了，这时也回来了。听说散发传单很顺利，也是非常高兴。

许立民说："得道多助失道寡助，连老天爷都帮我们的忙，今天偏偏上了大雾，给我们提供了很好的隐蔽条件。"

顾钧说："那些警察和宪兵都是吃干饭的，我从二层门楼上下来，经过他们面前，他们狗眼只顾往上看，连瞅都不瞅我一眼，直奔二层去了。"

许立民继续说道："我放完鞭炮，又到会场门前捡起传单看，那些混球的宪兵认为我是开会的或是过路的，一点也没注意我。我就大模大样地回来了。"

顾钧说："我们内部那两个警察兄弟白白跟着跑了一趟，一点儿也没有派上用场！"

许立民说："有他们两个同志在外面接应，我们做事胆也壮，所以也不觉得害怕。"

顾钧想起了什么："哎呦忘了，我中午还约一个工人谈事情的，我给忘了。"说罢站起身出去了。

大家又扯了一阵闲话，交通员李荣萍进门了，交给陈理真一封信，说是省委交通刚刚送来的。

陈理真打开来信，迅速地浏览了一遍，然后交给朱务平。

陈理真说："省委指示我们要迅速成立游击队，并且要求我们立即提出游击队的行动纲领。"

朱务平边看信边念道："指出游击队的中心任务是，'领导麦收斗争和分田斗争，实行土地革命，进行游击，推翻国民党地主豪绅资本家的统治，建立江苏省区的工农苏维埃政权'。省委还要求我们，'完成游击区内的基本群众组织和武装组织，在适当的时机召集群众大会，并规定游击队的行动方向'。"

朱务平看完信，又将省委来信交给许立民。

陈理真说："正好我们三个常委都在，等立民看完省委指示，我们商量一下，在哪儿建立游击队合适。"

朱务平说："我觉得盱眙那儿群众基础好，李桂五已经把那儿的革命群众都发动起来了。而且已经搞到了不少枪支。"

陈理真点点头："前段时间，武飞同志不是去盱眙帮助工作了吗？估计下一步会有更大的动作，在成立游击队的基础上，再努把力，发展壮大，说不定能建立一支工农红军呢！"

朱务平说："过两天，我们让李桂五同志到蚌埠来汇报工作，了解了解情况，听听他的想法，再摸摸情况。"

陈理真说："不行的话，老朱，我们上门去服务指导，顺便调研一下，这样的话，给省委汇报起来也有第一手材料。"

朱务平说"行！"

陈理真问许立民："老许，你看如何？"

许立民说："现场考察调研，比听回报要详尽得多。我看这主意不错。"

第九章 沪东党内风云

1931 年 6 月，根据中共江苏省委的组织安排，陈理真调到上海沪东区委任区委书记。同时调走的还有陈理真的爱人、长淮特委委员秦雅芬。陈理真结束在长淮特委八个月的工作，去上海这个花花世界履新。陈理真走后，长淮特委再一次改组，朱务平任书记，许立民为组织部部长，宣传部部长兼青工部部长是刘俊三，顾钧为职工部部长，丁禹畴为农民部部长，耿建华为妇女部部长，刘平为军委书记，团委书记由刘俊三兼任。副书记为陈雨田（陈愚智）。

为了发展沪东地区的党组织，陈理真到任之初，确定工作首先从工厂入手，与沪东地区的产业工人打成一片。工作中，他组织区委以访贫问苦、组织读书会、开办夜校等形式，给工人补习文化知识，对工人开展文化教育，号召工人组织起来维护自己的正当权利，并对其中表现好的积极分子予以重点培养，吸收他们加入中国共产党。在短短几个月中，陈理真在沪东地区发展了一批党员，恢复重建了一部分基层党组织，使沪东区委的工作有了明显的改善，沪东区委因“党的影响有相当的扩大，组织上有相当的发展”而受到了江苏省委的肯定。其间，因王明在中共四中全会提出的“左”倾教条主义错误已经在党内占据主导地位，江苏省委对一系列“左”倾路线予以了贯彻执行，所以，在所辖党组织提出了一些不合实际的目标和要求，在“左”倾路线上越走越远。

为纪念俄国十月革命十四周年，江苏省委要求发动工人公开举行大规模纪念活动，进一步发展壮大工人武装组织，并具体提出上海在11月5日举行大规模的全市工人游行示威活动。在省委召开的部署会议上，陈理真虽有不同想法，在万般无奈的情况下只能口头表态省委的策略是正确的。表示对省委决议予以贯彻执行。

部署会议之后，对如何贯彻省委的要求，公开组织游行示威的指示，陈理真进行了冷静的思考，他开始回顾自己在徐海蚌特委组织参与的萧县黄口农民暴动、宿县东三浦水池铺暴动、邳县旧州暴动等一系列暴动，以及长淮特委几次农民暴动和多次工人罢工均告失败的血的教训，鉴于此，他没有全部执行省委的指示，去发动工人公开举行大规模的纪念活动，进而迅速发展壮大工人武装组织，只是对于组织参加游行示威进行了一般性的布置，仍将工作的重点放到了深入群众上。

为了统一思想，陈理真在区委内部进行了讨论，但与团沪东区委发生了严重的争论。团沪东区委认为，沪东区委在执行省委路线中犯有严重的教条主义错误，没有真正地贯彻执行省委的决议，区委书记陈理真应负主要责任。为了全面、完整地阐明自己的观点，1931年11月，陈理真在中共沪东区委主办的党刊《做什么》上发表《十六号撤兵问题与组织十五号示威》的文章，公开批判了王明“左”倾教条主义的错误，明确反对组织开展大规模总同盟大罢工。

山雨欲来风满楼。团沪东区委对中共沪东区委的质疑，得到了团江苏省委的支持，也引起了江苏省委的关注。

1931年12月15日，省委作出《江苏省委对沪东党团两区委争论问题的决议》。《决议》认为：“沪东党和团的区委，一般说来是执行了省委的路线的，党和团的路线是一致的，但党区委在执行省委路线中，的确是犯了个别的严重的机会主义错误，这些错误阻碍了省委正确路线的执行。”“党的区委尤其是理真同志始终不能彻底地明了十月革命纪念工作中的错误，而立即从实际工作中加以坚决改正，而将工作的重心放在了厂内活动，反而空洞地布置决定十五号的示威活动，重复十月革命纪念工作中的错误。”并指责陈理真发表的《十六号撤兵问题与组织十五号示威》一文“没有写上一点关于当地目前紧迫而最重要的工作，如何深入厂内活动，如何动员群众并抓住群众斗争，如何进行反改组派、取消派、右派的工作，如何打击区委自己的以及同志们的右倾机会主义观点，如何发展党的组织与群众组织。”

《决议》对持不同意见的的沪东区委书记陈理真开展了残酷的斗争和无情的打击，但从反面也充分显现出对“左”倾教条主义错误开始有了初步的反思，对当时仍盛行的“左”倾路线做出了一定的抵制。但是陈理真因此错误地受到了降级处分，沪东区委也错误地受到了集体处分。但陈理真没有计较个人得失，背上沉重的包袱，仍然满腔热情地投入到革命工作中。可他的内心深处有时也会产生一种苦闷，所以，他将自己一些想法给老战友朱务平写了一封长信。半月之后，收到了朱务平从蚌埠托人捎来的一封也是七八页纸的长信：

理真同志，你好！见字如面，读了你的来信，还有发表的文章，知道你在工作上与同志之间产生了一些矛盾，其实是沪东党团之间的矛盾。在工作中有了矛盾这没什么，大家都是想怎么将党的工作做好，尽可能不出现失误或错误。你在信中说，你的工作也是按照省委的工作部署执行的。沪东区党团区委也是执行了省委路线的。党和团的区委路线也是一致的，但为什么会产生如此的矛盾呢？我认为有两点（我的看法不一定对）：1. 沪东区党委在执行省委路线的中间，的确是犯了个别严重的机会主义的错误，这些错误是障碍了对省委路线的执行。如联合改组派，派人参加改组派的上级机关沪东工作委员会，促成改组派在沪东的活动，以企图夺取改组派的领导机关。在这个问题上，虽然团的区委同样犯了严重的错误，甚至这个策略是团区委提出的，但党是要在政治上、工作上领导团的，因此，党的区委尤其是你，要负责任的。因为你是党的主要领导。2. 党的区委尤其是你始终不能彻底明白十月革命纪念中工作上的失误，立即从工作中汲取教训并从实际工作中加以坚决改正，反而以同样的空洞的布置决定十五号的示威运动，重复十月革命纪念中的错误。你后来虽然在会议上承认了自己的错误，不过，你在你的文章里，依然是对自己的错误有力之辩解。同时在区的刊物的整个内容上不但没有写上一点关于当地目前最紧迫而且最重要的工作，如何动员群众并抓住群众斗争，如何进行反改组派、右派的工作，如何打击区委自己的及同志们的右倾机会主义的观点，如何发展党组织与群众组织，反而写上了满纸拉杂、非马克思主义的分析：把地主、资本家、小资产阶级、工人分为四个阶级与小资产阶级混为一谈，说是大哥二哥；以立三路线的观点，说革命的组织力量虽然不是平衡的发展，但总同盟政治罢工的前途不远；不承认沪东工作上的缺点与错误是表现在工作上没有深入群众、没有深入党内活动，以及党内实际工作的机会主义的障碍，而仅仅承认沪东工作上的总缺点是所谓相当忽视了沪东的内外形势与阶级的对比，企图以这种毫不相干的词句来掩饰自己右倾机会主义的实质。我认为省委对你及区委的批评是正确的，你要深刻地反思。不过省委对于你在沪东工作的成绩是肯定的，认为你是在执行省委的路线的，自从你主持沪东区委工作，党的政治影响有相当的扩大，组织上有相当的发展，这才是事情的本质，也是你任沪东区委书记的所取得成绩。我们都是共产党员，说话办事要襟怀坦白，我信上所言有点儿不顾情面，也有点儿尖刻，希望你能正确理解。不对之处，希望你来信批评。我们再在一起探讨。

你在信中关心定远吴圩农民的暴动情况，我简单地说一下，吴圩区委成立之后，到目前为止区下属的党支部已经发展到八个，党员近两百人。你在特委的时候，上半年吴圩先后就发生水旱自然灾害，粮食歉收，再加上兵灾匪患、苛捐杂税，广大农民饥寒交迫，无法生存，吴圩地区的党组织适时领导广大农民开展抗捐税、反高利贷和借粮斗争，他们打出的借粮口号是："给借就借，不借就扒！"通过这场斗争，将农民的运动引向深入。8月份，定远县委在吴圩成立，朱阶平任书记，县委委员是戴国兴、刘春山、朱天民、朱长松。这几人你都见过。县委的成立，为今后农民的暴动做好了组织准备。这一天，县委在吴圩东小朱家召开各支部书记会议，会议刚刚开始不久，通讯员来报告，旱香庙部分农民被地主诬告为匪，国民党定远县警队前来捕捉，恳求保护。县委指派负责军事的刘春山带领精干的十名赤卫队员星夜前往营救。临行前，戴国兴指示不宜直接与敌人对抗，敌强我弱，只能智取。早晨，赤卫队在旱香庙与县警队相遇，发生枪战，敌人没有防备，大败溃逃。旱香庙战斗胜利之后，许多群众纷纷要求攻打罪大恶极的坝张地主张再贵。正当县委举棋不定的时候，有人报告说，土豪董之银出于打掉张再贵从中得利之目的，愿与县委合作攻打张再贵。考虑董志银家有八十多支枪，又基于我们特委关于积极领导农民暴动配合红四方面军攻打正阳关的指示，又考虑到吴圩的党组织已经暴露，遂做出攻打张再贵的决定。经过几天的筹枪备粮，又进行一番战斗部署，8月21日至25日，在吴圩、九梓、站岗一带街头村庄出现了许多"红军是穷人的队伍""共产党是穷人的大救星""打土豪分田地"等标语。然后，县委在山人刘召开党、团员及赤卫队员会议，宣布成立红军司令部，同时成立"长淮特委游击大队"，直属司令部领导。司令部政委兼暴动总指挥戴国兴宣布行动计划，先打张再贵，再打吴少臣等大地主，夺取枪支扩大武装，然后再攻打定城，成立苏维埃政权。会后，攻打坝张的队伍由副指挥刘春山率领，向坝张进发，半夜时分，农民军包围了张再贵的圩子。不料，张再贵提前得到消息，已带领全家及枪支逃跑了。张再贵逃跑之后，勾结国民党县保安大队并与吴圩大地主吴少臣等结盟，由张再贵的儿子张慕韩（任过国民党军团长）带领一千多人、几百支枪，从东南北三面围剿县委所在地山人刘。县委在敌人到达前接到情报，立即通知各个赤卫队迅速集合迎敌。由于赤卫队居住分散，一时集中不起来，当敌人来到时，县委组织少量的赤卫队员边战边撤，戴国兴不幸牺牲，朱阶平负伤被俘。吴圩农民暴动因敌强我弱而失败，我觉得，它是共产党领导人民群众，用革命的手段，反抗国民党反动统治的一次勇敢的尝试。它狠杀了地主老财的威风，大长了革命人民的志气，显示了无产阶级的力量，为吴圩地区人民的革命斗争播下了火种……

另外，盱眙的斗争如火如荼，游击队已经建立起来了，可能近期又有大的活动，你就等着胜利的消息吧。长淮特委的同志们都很想念你。希望你有时间回蚌埠指导工作。

信写得很长了，要说的话很多，我就此搁笔了，余言下次再叙吧。最后祝你身体健康，工作顺利。代问秦雅芬同志好。有机会去上海，一定登门看望！握手！致以革命的敬礼！……

第十章
黄浦江怒吼

1932 年 1 月 28 日，淞沪抗战（又称“一·二八”事变）爆发。淞沪抗战的枪声就是民众抗击日寇入侵的动员令，在上海的中共临时中央发出《中国共产党关于上海事件的斗争纲领》《中央致上海反帝大同盟党团的一封信》《中央关于一·二八事变的决议》等一些列文件，向全党指出：“一·二八”事变，“完全是日本帝国主义瓜分中国计划有机部分，上海战争明显地带有民族战争的意义。因此我们党的任务是积极地加入这一战争”。同时具体地提出了上海党组织当时的中心任务。

1932年1月29日蒋介石复出任国民政府军委会委员（3月6日任委员长），同日蒋介石制定对日应对原则为“一面预备交涉，一面积极抵抗”，这是国民政府在“一·二八”淞沪抗战时期的应对总方针。1月30日，国民政府发布《迁都洛阳宣言》，表示决不屈服。2月1日，蒋介石命令中国空军参战。2月4日，军委会划分全国为四个防卫区，同时令川、湘、赣、黔、鄂、陕、豫各省出兵做总预备队。2月8日，蒋介石批示何应钦调炮兵一个营增援十九路军。2月14日，蒋介石命令将第八十八师、八十七师、中央军校教导总队编为第五军，任命张治中为军长，调归十九路军指挥参战。为补充十九路军伤亡减员，蒋介石还先后命令自上官云相、梁冠英、刘峙等处，运徒手兵两千名以补充十九路军，并为十九路军和第五军补充大批武器弹药。此后蒋介石先后调动国军卫立煌第十四军（辖第十师、第八十三师两师）、第一师、第九师、第四十七师及陈诚第十八军（当时下辖第十一师、第十四师、第五十二师共三个师）、独立第三十六旅等部队支援上海十九路军（但因交通和赣州战役等，以上数个师大都未能在停战前抵达上海附近的指定地点参战）。十九路军和第五军并肩作战，取得了诸如庙行大捷等胜利，给予日军一定打击。在这场民族危机面前，根据中共中央的指示精神，在江苏省委的领导下，陈理真带领沪东区委利用各种形式进行抗日救国活动。

动员民众从人力上支援前线。淞沪抗战爆发后，中共中央要求党组织公开领导当时正在开展的反日斗争，沪东党组织通过工会、学生会及其他组织，广泛动员各界民众，掀起了轰轰烈烈的支前运动。按照中共江苏省委立即成立义勇军委员会的指示，陈理真组织带领沪东区委，分头发动群众，建立沪东义勇军武装。来自闸北、沪西、浦东的义勇军共同组成了上海义勇军主力，与担负沪宁地区卫戍任务的第十九路军士兵并肩抗战在抗日第一线。同时，陈理真注意开展争取第十九路军士兵的工作，广泛组织各界群众奔赴前线，支援第十九路军抗战，反对日本帝国主义侵略上海。期间，他还组成救护队、运输队、宣传队、慰劳队，全面支援第十九路军抗战，动员民众从物力上支援前线。当时第十九路军停发军饷数月，沪东党组织组织带领沪东地区工人、市民、学生走上街头，广泛宣传广大爱国官兵所表现出来的高度爱国热情和抗日救国的不怕牺牲精神，在交通要道组织募捐，动员广大民众有钱出钱、有力出力。陈理真还亲自带领人员冒着枪林弹雨将缝制的棉衣等物资，送至前线士兵手中。他还组织相关人员及爱国人士，在沪东地区开设多所临时战地医院，对伤员予以及时救治，使“一·二八”淞沪抗战出现了军民联合抗战的局面。

支援总同盟罢工。1月30日，在沪东区委组织下，上海各厂工人举行代表大会，宣告成立上海工人总同盟罢工委员会。其中，沪西十七家日商纱厂四万多工人在江苏省委的领导下，举行了声势浩大的反对日本帝国主义进攻上海的总同盟罢工，罢工一直坚持到4月份。罢工期间，参与总同盟罢工委员会组织领导工作的陈理真和爱人秦雅芬，广泛发动抗日团体和群众组织声援，及时给罢工工人讲解当前抗日形势、开办识字班、教唱抗日歌曲、排演抗日话剧等，进一步激发了罢工工人的抗日爱国热情和人民群众的民族精神。

在“一·二八”抗战的三十多天里，陈理真将个人的安危置之度外，夜以继日地奔波于黄浦江两岸，充分凸显了在敌人入侵面前，共产党人的号召力和影响力。在中国共产党的领导下和推动下，上海民众纷纷组织救护队、义勇军，以责任担当，支援第十九路军英勇抗战，在上海掀起了一场持久的抗日救亡运动。这期间，上海爱国学生迅速掀起支援十九路军抗战的热潮，三天内就有数千名学生报名参战。2月3日，上海义勇军大学生五百余人和救护队三百余人组成十九路军随营学生义勇军奔赴战场。中国军民联合抗战粉碎了日军速战速决占领上海的阴谋，鼓舞了中国人民抗日斗争的决心和信心。

“一·二八”抗日救亡运动被国民党反动派破坏之后，公开活跃在救亡运动中的共产党人引起了国民党当局的注意，白色恐怖又开始笼罩着黄浦江两岸。

怒吼的黄浦江，将日本帝国主义的战火浇灭！

第十一章
调任江苏省委巡视员

“一·二八”事变之后，陈理真和秦雅芬把工作重心从做沪东区纱厂女工工作转移到上海市罢工、罢课、罢市总同盟的运动中。正当运动形成高潮时，蒋介石下令调走了第十九路军蔡廷锴、蒋光鼎等抗日军队，反过来搜捕共产党员和革命工人以及进步学生，造成极端的白色恐怖。组织上派区委书记徐冰（这时陈理真已被降为区委副书记）通知陈理真注意保护自己的人身安全，暂时少回家。所以陈理真一连好几天不敢回家睡觉，连秦雅芬也不知道丈夫的行踪。1932 年

10月的一天，上级党组织找到陈理真谈话，根据时局发展和工作需要，决定任命他为江苏省委巡视员，化名陈履真，具体负责巡视蚌埠和徐州地区。

一周之后，陈理真走马上任。后来他才知道，长淮特委出事了。

由于叛徒出卖，长淮特委在1932年连续三次被破坏，遭到严重损失。据了解，1932年3月，曾在蚌埠铁路工作的怀远县人路大奎，后调中共南京市委任军委书记，被捕叛变，不但出卖了打入军政部何应钦身边的南京市委委员地下党冷少农，还向国民党出卖了他所知道的蚌埠党组织，像条疯狗似的带领敌人到蚌埠逮捕了长淮特委组织部部长许立民，和妇女部部长耿建华，押赴南京国民党宪兵司令部。对于路大奎这个人，陈理真只有耳闻，没有谋面。6月初，叛徒路大奎密捕由他发展入党的蚌埠铁路工人张彩友，张彩友到宁后随即叛变，被派回蚌埠配合国民党宪兵特务，继续破坏长淮特委。紧接着，长淮特委团特委书记陈育智及董华胜、赵五姐、杨素珍、吴振昌等被捕，被押送南京宪兵司令部关押。长淮特委遭受两次破坏后，由王云接替团特委书记，并调赵三姐、李春才参加团特委工作。而此前不久，也就是1932年8月期间，长淮特委军委书记刘平泄密致使凤阳暴动被破坏后，陈理真在长淮特委写给省委的一份报告中得知，1932年夏，长淮特委根据江苏省委关于实行土地革命、建立苏维埃政权、扩大武装、建立农村革命根据地的决定，于凤阳县尤家巷一所破庙内召开特委扩大会议，会议决定“八一”在盱眙、灵璧、泗县、凤阳等地举行工农联合武装暴动，并派特委军委书记刘平指挥凤阳暴动。当时凤阳县委认为，亮岗、苗郢一带群众基础好，亮岗有同志五十四人，游击队四十人，苗郢有同志三十人，赤色群众四十人，靠近凤阳山区，地形有利可与红心地区游击队配合作战，进可以连片呼应，退可以把队伍拉到凤阳山区，总之，行动起来，创造凤阳南新苏区是有希望的。但刘平到达凤阳后，不同意县委的意见，也不与县委商量，擅自行动。7月下旬，刘平与县委书记赵连轩等到亮岗区委经常活动的地方——后陈庄召开会议，讨论组织暴动的准备工作。7月31日，在后陈庄召开会议，参加这次会议的有临淮关、凤城、红心、苗郢、亮岗等地党组织负责人和赤色工会、农会会员共一千余人，会议决定这次暴动首先是分掉芦岗、杜涧等村庄地主的粮食，收缴杜涧、张洼、北冯等村庄地主的枪支弹药，以便进一步发动工农群众和武装游击队。会议快要结束时，混进赤色农会组织的王映西说，今天我们武装还不富裕，明天我到亲戚家在借几支枪，后天暴动为时不迟。由于刘平有一贯的非无产阶级观点，与地主富农勾结出卖斗争，结果同意王映西的意见，自作主张推迟了暴动时间，使暴动计划泄密。之后，长淮特委追查刘平的领导责任，并在临淮关铁路桥南召开会议，除对刘平进行批评教育外，并根据其一贯表现，给予留党察看处分，撤销其党内外一切职务。刘平受到处分后，对党怀恨在心，于8月26日，从临淮关谎称去天津、唐山做工，其实去南京国民党中央投敌叛变，将长淮特委及各县、区一百七十六名党员的姓名及住址密告国民党中央党部，随后带领国民党军警特工人员，到临淮关首先逮捕了县委书记赵连轩及其爱人刘英，然后在临淮关、凤阳、林北、南岗等地大肆逮捕党团员数十人……特委书记朱务平不顾自身的安危，冒着随时都可能被捕的危险及时通知党团员迅速转移隐蔽。9月6日下午，叛徒刘平的密探队在门台子火车站，将朱务平和新来的特委书记王雍逮捕。之前，江苏省委已经准备送朱务平调离长淮特委去苏联学习，这才让王雍来接替他工作的，没料到，两人同时被捕。据说，两人正在门台子车站交接工作，被中统特务、叛徒张彩友和季元春发现，盯梢到门台子饭店被捕。当时朱务平态度十分冷静沉着，只承认自己是一个来门台子卖烟叶的农民，名字叫朱大生，因为有叛徒张彩友指认，不容他分说，即被押到蚌埠警备司令部关押。两天之后，刘平带着四个警察，将朱务平押送到南京宪兵司令部拘留所关押。

长淮特委遭到几乎是覆灭性的破坏后，江苏省委立即决定派陈理真以省特派员的身份，到蚌埠建立临时特委，坚持革命斗争，等风暴过后，以待重新恢复党组织。

这几天，蚌埠街头到处是军警，陈理真到了之后，在火车站附近找了家偏僻的小旅馆住下来，靠近火车站人员杂，那地方的地理环境陈理真也比较熟悉，万一发生什么意外情况，也可以方便脱身。在小旅馆里闲了一天之后，陈理真感到有成个月，心里也觉得憋闷得慌。第二天一早，他简单地化了一下装，在嘴唇上贴上一撇小胡子，又找来一副平光眼镜带上，这才出了门。他走到二马路寿昌里长淮特委办公处附近，周围明显多了一些做生意的人，估计是敌人安插的便衣。各个大路口全是全副武装的军警，每一条巷子都有荷枪实弹的军警巡逻。陈理真在附近大模大样地走了好几圈，也没有发现自己的同志。后来，他又到了扶轮小学附近他曾战斗过、居住过地方转了转，这儿警戒明显比寿昌里松了许多。在那儿来来回回转了好几趟，也没有见到一个熟悉的身影。接着他又去了火车站，想碰碰运气，结果还是一无所获。眼看到了中午，一时感到有些口渴，陈理真就想找一家茶馆喝杯茶，顺便歇歇脚，下午继续找线索。

巧遇杨素珍

陈理真一边寻找茶馆一边想心事，猛一抬头，一家茶馆就在眼前，茶馆名叫黄山茶馆。这家茶馆陈理真比较熟悉，过去他曾多次在这儿接头、谈事情。陈理真正要抬腿进门，一个卖烟小姑娘走过来，问陈理真道："先生要香烟吗？"陈理真平时不吸烟，所以摇摇头，刚欲走，发现这个卖烟的小姑娘有些眼熟，猛然想了起来，这不是杨素珍同志吗！不由一阵惊喜。杨素珍是凤阳人，1928 年在凤阳县三女中加入共青团组织，因思想进步，接触"危险分子"，在 1929 年下学期被学校开除，1930 年先后在市立完小和勤敏小学教书。后来在特委机关工作，住在耿建华家，主要工作是给《红旗报》刻写蜡纸。后来又将她调到铁路工人夜校专教工人们唱歌。陈理真调到上海工作后，不长时间杨素珍也调到上海做交通员。杨素珍还到陈理真家里看过他们，还在他家吃了一顿饭。陈理真清楚地记得，当时除了秦雅芬之外，还有秦雅芬的妹妹秦雅芳。后来听说，杨素珍又调回蚌埠工作了。在省委那份材料里，这个杨素珍也是被捕了的，她是怎么出来的呢？是叛变还是被释放的？所以陈理真有些警惕。

陈理真四处观察了一遍，见四处没有人盯梢，就对卖烟的杨素珍说："姑娘，'美丽'香烟有吧？给我来一包。然后给我送到二楼雅座里。"

过去长淮特委里有用卖烟当掩护的，一提到美丽香烟，就知道是自己的同志。陈理真想考验一下这个小杨。显然杨素珍没有认出陈理真，答应一声，就随陈理真进了门。

看见卖烟的上楼，茶楼老板急忙过来阻拦："卖烟的，不能进到里面来！"

陈理真忙笑道："这是我老家一个远房亲戚，让她进来吧。"

茶楼老板忙作揖赔笑脸："对不起先生，我眼拙，姑娘里面请！快请，快请！"

等陈理真坐下来，杨素珍急忙从烟匣里拿出一包"美丽"香烟递到陈理真的面前，然后站在那里等着收钱。

陈理真摘下眼镜，杨素珍还没有认出他。陈理真只好说："姑娘，你姓杨吧？"

杨素珍一愣，不由倒退了一步。

陈理真走到沿街的窗前，探头望了望楼下，见没什么可疑的迹象，回身将嘴唇上的假胡子揭了下来。看到杨素珍要喊他，他急忙把手指放在嘴上"嘘"了一声。然后说道："叫我老陈。坐下来喝茶。我有话问你。"

杨素珍压低声音："老陈，这么危险，你怎么还敢到蚌埠来？"

陈理真给杨素珍面前的茶碗里斟上茶，然后说道："先别说这个，我问你，你不是被捕了吗，你是怎么出来的？"

杨素珍说："老许（许立民）和耿（建华）大姐被捕一个多月后，

我和赵五姐也同时被捕了。在押送去南京的火车上看见许多被绑着的我们的人，我都不认识。后来在上囚车时，我看见了刘俊三同志，我们彼此装作不认识。趁混乱的时候，刘俊三偷偷告诉我，敌人只要没有抓住我们的把柄，死也别承认！那样就会安全了。所以再审我和赵五姐的时候，我们假装可怜，说自己是被误抓进来的。就咬死口问什么都说不知道。后来敌人对我们放松了审讯，再后来，就让家里将我们保释出来了。”

陈理真问：“你在南京宪兵司令部还见到我们的同志了吗？”

杨素珍喝了一口茶，然后说道：“只看见刘俊三同志，就是我刚才说的，在上囚车的时候匆匆见一面。耿建华大姐我倒是见到了。宪兵司令部只有一个女监，政治犯和其他女犯都在一室，我们被抓进去的时候，一直没有见到耿大姐，半个月之后才见到耿大姐回到女监。”

陈理真又问：“你回到蚌埠之后有没有见到我们特委同志？”

杨素珍言摇摇头，然后突然又说道：“前几天，我在天桥附近娱乐场卖香烟的时候，见到凤阳的一个熟人，过去也是进步青年，他给我说他见到陈新然了，说是陈新然正在凤阳恢复党组织什么的。”

陈理真非常兴奋，站起身给杨素珍面前的茶碗里续满茶：“小杨同志，你能不能辛苦一趟，去凤阳找一下你的那个熟人，帮我寻找一下陈新然，让他来蚌埠见我。”

杨素珍一点也没迟疑，说“行”。

陈理真从身上掏出一些钱交给杨素珍，让她作为盘缠。

杨素珍刚欲走，又回转身问道：“老陈，这壶茶要多少钱？”

陈理真被问得有些莫名其妙，笑道：“怎么了？”

杨素珍有些不好意思：“过去我听朱务平同志说过，有一次他们在田野里开会，大家口渴了，向附近一个农民家里买了一壶开水，卖开水的来了，索要一个大子，一个大子是两文，多贵啊。有人说，一壶白开水值什么？你当你是蚌城里的茶馆啊，这么黑！那个农民说，一壶白开水是没有茶馆里的一壶茶值钱，但是我是花力气给你提来的，赚的是力气钱！ 想起这句话我才问的。”

陈理真说：“对，将来世界进步了，力气会越来越值钱！”

临走，陈理真嘱咐杨素珍要注意安全，假如找到陈新然，让他尽快到旅馆来找自己，便将旅馆的名字及地址告诉了杨素珍。

成立临时长淮特委之白色恐怖

一连两天也没有杨素珍的消息，更没见陈新然的人影，陈理真有些焦急，又到黄山茶馆附近去了两趟，也没有遇见到杨素珍。 这天下傍晚，旅馆的房门被人敲响，陈理真急忙打开门，陈新然就站在了门口。 虽然陈理真有心理准备，还是被高兴蛰了一下。 一把抱住陈新然，半晌说不出话来。 陈新然也是百感交集，一坐下来，便将蚌埠及凤阳的白色恐怖的情况以及哪些同志被捕、哪些同志被通缉、哪些同志逃跑等等情况述说了一遍。

陈新然也是苏北人，曾在泗县乡村组织农民暴动，因暴动失败被捕。 出狱后，在苏北不能待了，所以组织上安排他到凤阳临淮关工作。 1931 年秋天去定远工作，吴圩暴动失败之后，党组织被破坏，他去联系失散的党员骨干，陆续发展了一些党支部和农民协会。 长淮特委遭到了破坏之后，他从定远逃出来，在凤阳隐蔽，正四处联系党组织。

陈新然对陈理真说：“巡视员，没有想到在这儿能见到你！ 太意外了！ 这说明上级组织是关心我们的。”

陈理真问道：“目前长淮特委包括县里你还能联系到谁？”

陈新然说：“老丁丁禹畴人在定远躲避，前几天我听定远一个朋友说的。 还有从盱眙西高庙暴动失败逃出来的许少声，就是武飞，也是苏北人。 他现在在灵璧临时县委做书记。 是长淮特委顾钧临时指派的。 顾钧在灵璧大山一带搞暴动，失败之后，被捕审查，到如今还没有放出来。”

陈理真说：“你现在就去找他们两个，我现在就去上海向省委汇报蚌埠的工作。三天之后，我们在蚌埠北非路的利民客栈见面，不见不散。”

陈新然根据陈理真的指示，坐车到灵璧找到武飞，当晚两人就回到了蚌埠。在城边一个破庙里睡了一宿。第二天一大早，两个人又马不停蹄去定远找丁禹畴。因为定远党组织破坏严重，丁禹畴不知所踪，经过多方打听，才在一个农户家里找到了他，他正给人家锻磨呢。陈新然开玩笑说道，没想到老丁还有这手艺，会锻磨。丁禹畴苦笑，有啥法子呢，我们的人都被逮的逮杀的杀，到处是一片白色恐怖，我得活着啊，所以重操旧业混口饭吃吧！陈新然便将巡视员陈理真的指示告诉了他。丁禹畴说，那就按照省委的指示精神办，吃完饭我就随你们去蚌埠。那个农户是个殷实人家，也非常好客，见锻磨的外地朋友大老远找来，也留他们两人在那吃了饭，还打了一瓶散酒给他们喝。

到了蚌埠，三人在郊区一处四面透风的瓜棚里简单商量了一下，丁禹畴说，“我们首先得找个地方作为落脚点。武飞的意见，租房还租朱务平同志住的那个地方，前几天我去打听过了，那房子还空着，我也见着房东王聋子了。俗话讲，最危险的地方也是最安全的地方。”陈新然表示赞同。至于工作分工，丁禹畴干过长淮特委职委，熟悉工厂，让他负责，武飞和陈新然负责各县区。有事大家一起商量，有工作大家一起上。

三天之后，丁禹畴、陈新然、武飞他们在利民客栈如期见到了陈理真。利民客栈在天桥东头下边，是一处小草房，不起眼，是在大马路和二马路之间的小街上，非常僻静，这儿也离王聋子的房子很近。为了安全起见，几个人到不远处升平园澡堂子里洗澡，边洗澡边谈工作。在澡池子里，丁禹畴、陈新然、武飞便将近来的工作情况简单地汇报了一遍。陈理真传达了省委指示，最后强调说道，“最近叛徒特务搜查很严，你们工作一定要千万小心，要保护好自己，好好地活着，俗话讲，留得青山在不愁没柴烧。如果牺牲了，想干革命也干不成了，所以省委指示你们，如果下一步形势紧急，你们三人就去亲戚或者朋友家暂时隐蔽起来，等待组织召唤。下一步组织上将安排我与我的爱人秦雅芬去苏联学习，希望你们多多保重，坚定自己的信念与信仰，胜利的曙光一定会到来的！……我暂时还在徐州，等待去苏联学习的批复文件，你们有啥事情，可以去徐州找我，我会在徐州特委那儿留下口信……”

几人从澡堂子分手之后，陈理真回利民客栈拿行李，然后坐火车去徐州。

没几天，蚌埠白色恐怖更加严重，每天都有共产党员、共青团员被捕，武飞决定回徐州暂避。到了徐州之后，武飞没地方可去，还是到他的好朋友赵殿臣家落脚。在赵家睡了一整天，武飞就有点儿待不住了，他想出门去徐州特委转转，看看能不能打听到陈理真的消息。赵殿臣听说武飞要出去，说什么也不同意，他说城里几乎每天都有共产党人被捕，你出去一定是凶多吉少，再说，你的个子大，目标也大，前几天你已经暴露了，听说街上疯传要捉大个子共产党，一些身材高的人都吓得不敢出门，你要是出去有个三长两短的话，我怎么对得起九泉之下的魏老先生呢！武飞一再坚持非出去不可，赵殿臣说你要出去的话，必须化化装。武飞笑道，你要我涂脂抹粉？赵殿臣说，非也，你的这身行头得换一换，我今天去街上给你请个裁缝来，给你做件棉袍子，再在到百货店给你买顶礼帽戴上，这样的话，或许特务认不出你来。

武飞按照赵殿臣的安排，穿上了新做的藏蓝色棉袍子，戴着一顶雪花呢礼帽，临走赵殿臣又给他找出一副墨镜给带上，拄着文明棍，坐着豪华的黄包车，赵殿臣满意地点点头，这才让武飞出门。

徐州特委在治平路上城隍庙东面一处两间的小瓦平房里，武飞到了那儿，特委办公的房子还在，只是里面改了用途，卖一些名人字画，也装裱字画，店里的伙计见武飞穿着不俗，不厌其烦地将字画作者的来历、作品的风格及其成就，很热情又很详细地介绍了一遍。武飞只好装作购买者在那里倾听。最后那个小伙计还不死心，拿出一张便纸，让武飞留下地址，以便以后联系。无奈，武飞只好拿起笔，准备胡乱写个地址搪塞这个讨厌的年轻人，却发现，便纸上有一行字，见上面写道：你要找的人，明天上午十点钟会在魁星楼三楼顶等你。

回到赵殿臣家中躺在床上，武飞一遍一遍地想，裱画店那个小伙计留的那一行字是什么意思呢？他怎么知道我是去找人的呢？又怎么知道我要找的人是谁呢？是敌人的密探吗？还是自己的同志呢？如果是自己的同志，他怎么认出我来的呢？又为什么不厌其烦地给我介绍字画呢？这到底是怎么回事呢？武飞没有告诉赵殿臣今天出去的结果，更没敢将实情告诉他，他怕赵殿臣为他担心。

最后，武飞还是决定明天去魁星楼一探究竟。无论有多大的危险。

第二天吃过早饭，武飞说是再出去寻找党组织，就出门了，他没有听从赵殿臣的话，坐黄包车出门，而是步行前往。

武飞从坝子街出来走到西楚故宫门口，看时间尚早，顺着彭城街登上鼓楼转了一趟，而后顺着启明路，走到警备司令部门口逗留了一会，他自己也不清楚为什么要到这么危险的地方溜达。之后顺着月波街下来走察院路然后才去魁星楼见人。

魁星楼，当地人又称奎楼，高三层，内祭魁星，亦名魁星楼。因建在古城墙的拐角上，俗称拐角楼。魁星楼为徐州五大名楼之一。魁星是汉族民间信仰中主宰文章兴衰的神，在儒士学子心目中，魁星具有至高无上的地位。

武飞一口气登上了魁星楼最顶层三楼，只见有一男人背对着他在看楼下的风景。这个背影是那么地熟悉。他不由喊出了声："老陈，是你吗，老陈？"

那个男人迅速转过脸来，疾步迎上前来："你好，武飞同志。"果然是省委巡视员陈理真。武飞激动得眼泪都下来了，这一段时间所遭受的苦难与惊吓一股脑地袭上了心头……

虽然相隔不几天，但此时他们都有一种久别重逢的感觉。

原来陈理真回到徐州之后，发现徐州的情况比蚌埠好不到哪里去。陈资平叛变，伙同刘平等叛徒，从蚌埠移驻徐州，开始四处抓捕共产党人。所以，陈理真怕武飞、陈新然、丁禹畴他们三人来徐州找他，所以他到了徐州特委机关，将他们三人的长相、口音向留守同志描述了一遍，并留下话，他每天会在上午十点钟到中午十二点，在魁星楼等他们。

陈理真紧紧握住武飞的手问道："你什么时候到的？"

武飞说："两天之前。"

陈理真又问："这一路情况怎么样？"

武飞叹了一口气，没将自己身上没钱、扒火车来徐州的艰苦历程说出来，只是轻描淡写地说一路来的情况。

陈理真说："我知道你这几天肯定要来。"

"你怎么知道的？"武飞觉得很奇怪。

陈理真说："与你们三人分手之后，我在火车上想了想，长淮特委被破坏得这么严重，蚌埠白色恐怖又这么厉害，我觉得你们的工作肯定非常危险，估计你们要不了几天就会来徐州找我的，所以我就和徐州特委那个裱画店的伙计交代一下，并将你们三个人的长相、口音和他们描述了一遍。告诉他，我每天上午十点会准时在这儿等你们的。"

武飞说："怪不得那个小伙计给我看那张字条的嘛！"

陈理真说："那个小伙计是我们的同志。"

武飞说："我看着也像。"

陈理真想起什么："陈新然和丁禹畴他们的情况怎么样？"

武飞说："我们三人从澡堂子分手之后，回到住处准备商量下一步工作。一推开房门，发现地上有一张纸条，捡起来一看，是房东王聋子留下来的。内容是这样：'大个子，上午你们前脚刚走，刘平那个坏蛋就带着几个便衣来了，问我有没有见到你们的人，我说，自从卖烟叶的老朱走后，连一片树叶也没有飘进这个院子来！’他们在房子里搜了半天，啥也没搜到，这才气势汹汹地走了。临走留下话，让我有情况就去报告他，还给我奖赏！那种缺德事我王聋子干不出来……我劝你们赶快离开这里吧，听话音他们还会再来的！”我们三人简单商议了一下，根据省委指示，鉴于目前残酷的斗争形势，工作一时无法开展，决定各自找关系离开蚌埠，躲避特务的搜捕，等风平浪静之后再寻找组织。我们在蚌埠分手之后，就再没有联系，估计他们也各自回老家或者亲戚朋友处躲避了。

稍停，陈理真又说道：“朱务平同志被捕了，你知道吗？”

武飞沉重地点点头：“刘平和陈资平这几个叛徒太可恶了，一旦有机会我决不会放过他这几个败类的！”

陈理真告诉武飞，长淮和徐州特委都暴露了，现在几个叛徒在蚌埠成立了一个国民党中统特务机构。如今又从蚌埠移驻到徐州，进一步对徐海地区中共党、团组织进行疯狂的破坏活动，穷凶极恶地带着军警和宪兵逮捕地下党。所以上级组织要求他们现在要隐蔽潜伏下来，等待时机再寻找党组织。

临分手时陈理真又嘱咐武飞：“由于陈资平的叛变，你的处境也非常危险，而且陈资平的爪牙已经来到了徐州，所以你要格外当心。另外，不几天，我在这儿等秦雅芬从西安来徐州会合就出国了，机票都订好了。这两天，你如果有什么事情可直接到火车站附近的枫林旅社找我。”

第十二章 遭叛徒出卖不幸被捕

10月的徐州，正值秋冬交会之际，气候变化无常，有时候一天能过完春夏秋冬四个季节。大早起来，寒意突袭，上年纪的或是怕冷的人都过早地穿上了棉袍子，带上了瓜皮帽。上午还是敞亮的晴天，中午前不知从哪里漫上来一片黑云，大风一吹，云就布开了，且昏天黑地，有的店家不得不点起了蜡烛做生意。

陈理真发给秦雅芬的信已经过去七八天了，正常的情况下，估计这一两天也应该收到回信了。所以上午他去到岳父秦席之家看看有没有妻子的回信，因为他给妻子写信留的是岳父家的住址。到了岳父家，仍没有接到回信，他就准备回旅馆收拾收拾，等妻子与女儿一到徐州，他们就取道去北京，到苏联去学习。

今天是星期天，岳父秦席之早晨割了一块肉，馅子已经剁好了，就没让陈理真回旅馆去，和点面准备中午包饺子给女婿吃。因为等他们到了国外，再想吃到中国的饺子，那是件很不容易的事情了。所以陈理真就洗洗手，准备同岳父一起包饺子。秦席之不让陈理真动手，说这点活还不他一个人干的，就到外面买来几张当地的报纸，让女婿看报纸等煮饺子。

吃完午饭，陈理真怕天下雨，没停留就直接回了旅馆。真巧，刚刚进了枫林旅社大门，雨就下下来了，挺急的，还打了几声闷雷。陈理真住在旅馆的后院，还是借了旅馆掌柜的雨伞这才回到房间。

与陈理真一同住在这个旅馆的还有徐州特委书记万金培。这几天老万到下面县里工作去了。几天没有回来。陈理真躺在床上，在琢磨秦雅芬到底接没接到自己写去的信，如果接到的话，为啥没有回信呢？因为到处是战争，书信收不到也是正常情况。人不见，也收不到回信，陈理真真的有点儿沉不住气了。他打算，这一两天，如果再等不到秦雅芬和女儿文曼她们，他准备亲自去西安一趟。

雨一直在下，到了傍晚，屋里已经看不清报纸上的字了，看了一下手表，已经到了旅社供电的时间，他这才拉亮了点灯。陈理真又看了一会报纸，忽然想起来一件事情：马上就要离开了，他在蚌埠和徐州巡视这一段时间的情况，他想给省委写一份报告，如果徐州交通员这几天不来的话，他就交给万金培转交。他铺开纸，正准备写的时候，忽然听见有人敲门，起先他认为是旅社的掌柜来要雨伞的，或者是万金培回来了，但是还是很警惕地问了一声："谁呀？"门外没有回应，门却被一下推开了，原来是秦雅芬的妹妹秦雅芳。

陈理真感到很奇怪，心想，秦雅芳不是与她的丈夫山东团省委书记陈亨洲一起调到济南工作去了吗？她怎么回来了呢？他借给秦雅芳倒茶的工夫，观察一下小姨子脸色，发现她心中好像有事。眼睛里充满哀愁与惊恐。陈理真将茶碗递给秦雅芳，淡淡地问道："雅芳，你怎么知道我住在这里的？"

秦雅芳说道："我先到的父亲家，是父亲告诉我你住在这儿的。"

陈理真故意问道："你吃饭了吗？"

秦雅芳点点头："你们中午包的肉饺子还剩下不少，父亲煎饺子给我吃的。"

陈理真"哦"一声。

秦雅芳问道："你们出国手续都办好了吗？"

陈理真说："办好了。"

秦雅芳不由问道："啥时走？"

陈理真说："就等你姐和文曼从西安回来我们就动身。"

秦雅芳叹了口气："你们真幸福！"

陈理真从秦雅芳这一声哀叹里读懂了许多内容，他总觉得秦雅芳心里好像有什么心事。秦雅芳不会是来闲坐、拉拉家常这么简单。

"雅芳，你今晚来找我是不是有什么事情？"半晌陈理真问道。

秦雅芳欲言又止，停了许久才又说道："姐夫，出大事了！"

陈理真不由一惊："怎么了？"

秦雅芳嘴唇哆嗦了半天，最后终于下定了决心："陈亨洲他……叛变了！"

陈理真一听，也被秦雅芳这句话给吓住了："怎么回事情啊，党不是刚刚提拔他不久吗？他怎么会叛变呢？"

秦雅芳哽咽道："我也没有想到。我们整天在一起，我连一点蛛丝马迹都没有发觉！"

接着秦雅芳便将丈夫陈亨洲如何叛变的过程从头至尾向陈理真讲述了一遍。

陈理真一拳砸在桌子上，将茶碗都震翻了："这个败类！"

秦雅芳嘴里带着哭腔："姐夫，现在我该怎么处理哪？"

陈理真思考了一会儿，然后说道："雅芳，你立即与陈亨洲断绝一切联系，想尽一切办法，通知与你们有联络的同志转移。隔断关系。"

秦雅芳问道："以后我怎么办？"

陈理真说道："雅芳，你一定要坚定立场，以后的路还长着呢，你要铁了心跟党走，决不能轻信陈亨洲的甜言蜜语，要与他划清界限！"

秦雅芳迟疑了一下，然后吞吞吐吐地说道："我写信骂了陈亨洲，昨天他回了信，让我到南京去，他要当面和我说清楚。"

陈理真气愤地说道："说清楚什么？他想说清楚什么？你别再受他欺骗了！"

秦雅芳低头不语。

陈理真问道："你现在心里是怎么想的？"

秦雅芳说："我想去南京找他，劝他回心转意。"

陈理真说道："你怎么这样天真呢？俗话讲，开弓没有回头箭，他会回心转意吗？他这是拉你下水，你去了，不但劝不了他，弄不好，还会将你搭进去。我奉劝你，一定打消这种幼稚的想法，对于这种叛变革命的叛徒，决不能抱任何幻想！"

秦雅芳欲哭无泪。

陈理真接着说道："到陈亨洲那里去，这意味着什么，你考虑过吗？雅芳，千万不能感情用事啊，那样的话，只能是害了你自己你懂吗！"

秦雅芳问："见一面都不行吗？"

陈理真严肃地说道："绝对不行！陈亨洲背叛了党和人民，哪还有什么夫妻的情分？你决不能再与他见面了！"少时又说道，"雅芳，一步错可能是千古恨哪，你要三思啊！"

秦雅芳重重地点了点头。

陈理真说道："天太晚了，你回去休息吧。明天上午我在这儿等你，我还有些话要和你说……"

秦雅芳离开枫林旅社，此时雨已经停了，她走在大街上，心情十分沉重。虽然姐夫说的话有些尖锐，但有一定的道理。她心里也恨陈亨洲，叛徒不但会受到世人的唾骂，还会受到应有的惩罚，后果不堪设想。自己作为叛徒的妻子，不但被人看不起，而且前途上也会受到一定的影响，名声也不好听。她怎么有脸苟活在这个世上呢？还有，孩子将来如何承受这种耻辱与别人鄙视的目光呢？想到了孩子，秦雅芳觉得为了孩子她也要做最后一次努力，为了这个家，为了孩子，她要铤而走险，规劝丈夫回心转意。回过头来想想，假如不去南京见陈亨洲，是不是有点太狠心了，太没有一点儿人味了呢？

忽然，远处传来火车的汽笛声，一下惊醒了秦雅芳。她决定给陈亨洲也给自己一个机会，她要马上坐火车去南京去见陈亨洲一面，也许是柳暗花明也未可知！

在革命与私情的十字路口，秦雅芬还是选择了私情，在理性与感性的岔路口，她依然认定了感性。将陈理真真知灼见的话抛到九霄云外去了！……

历史资料显示：秦雅芳到了南京之后，住进了陈亨洲的临时寓所鼓楼饭店。对于妻子秦雅芳的到来，陈亨洲满心欢喜，他觉得这个虚荣心比较强、思想脆弱的秦雅芳不会离开他的。所以房间里早已备下了秦雅芳最喜欢的茉莉花，还买了秦雅芳平常喜欢吃的橘子和北方很难见到的荔枝等水果。陈亨洲殷勤地围着秦雅芳团团转，对她百依百顺，温柔体贴，等到秦雅芳解除了戒备的心理，他便假惺惺地哭诉自己如何受人陷害，误入歧途，还说共产党对不起他，他一九二几年就参加革命了，到现在也没有做多大的官。而国民党则不同了，不仅答应了他全部的要求，还许诺给他一个比在共产党那边还高的官职，而且薪水很高。俗话讲有奶就是娘，人往高处走水向低处流，我为什么不往高处走呢！最后竟厚颜无耻地说道："在这个尔虞我诈的社会里，谁都不可信，只有金钱与老婆才是最最靠得住的！"少时又说道，"想我们跟共产党干革命，整日头系在裤腰带上，为共产党出生入死、流血流汗，吃不饱穿不暖，连钱也没有。你再看看国民党，要吃有吃的要喝有喝的，还有高薪水可领，还能光宗耀祖！再说了，共产党什么气候？就那几万人，被蒋介石撵到了乡旮旯苟延残喘，你再看看国民党，一百多万军队，兵强马壮，中国将来肯定是老蒋的天下。雅芳，你要认清形势，别信共产党胡吹，别再执迷不悟了，悬崖勒马回头是岸吧，你听我的没错，我们是夫妻，我能害你吗？好日子在向你招手呢我的老婆！"

秦雅芳在陈亨洲甜言蜜语的诱骗下，心肠马上软了下来，立场立即转到了丈夫一边，竟然同情起陈亨洲来，本来来劝丈夫回心转意的想法被她丢到脑后了。

听说秦雅芳到南京了，许多人到饭店来看她。早已成了中统特务的原徐海蚌特委书记陈资平及他的老婆专程从很远的地方赶来，还特地在鼓楼饭店办了一桌丰盛的酒席为秦雅芳接风洗尘，席间还肉麻地吹捧秦雅芳"目光远大、明晓大义"。

秦雅芳被迷魂汤灌得有些飘飘然了。

第二天，陈亨洲还带着秦雅芳逛了新街口，先去理发店烫了个大波浪头，又去百货商场不管单的棉的，给秦雅芳买了几身旗袍，还买了几双时髦的皮鞋，喜得秦雅芳嘴都合不拢了！

半夜醒来，秦雅芳躺在饭店的弹簧床上，白天那种高兴劲过去了，现在却翻来覆去地睡不着觉，总觉得就这么投靠了国民党，回到徐州怎么见人呢？又怎么自圆其说呢？毕竟是叛变投敌啊！还有，共产党对于叛徒能善罢甘休吗？还有姐夫陈理真那儿怎么交代呢？就是老父亲那一关都过不去！他们对于共产党都是有着深厚的感情的呢！不过，事已如此，再怎么想也是白搭！况且，如今木已成舟，就随他去吧！是福不是祸是祸躲不过！认命吧！

这天晚饭后，秦雅芬问陈亨洲，下一步我们打算怎么办呢？

陈亨洲说："中央调查科准备派我们夫妻还去山东工作。"

秦雅芳说："那是再好不过了。千万别回徐州。我怕见到他们的人！”

陈亨洲顺口问道：“你姐夫陈理真现在什么地方？”

秦雅芳脱口而出：“在徐州。”

陈亨洲又问：“你最近见到他了？”

秦雅芳说：“我来南京之前，去他住的地方见到他了。当时听说你投靠国民党了，我魂都吓掉了，我去找他是想听听他的想法的。”

陈亨洲问道：“他怎么说的？”

“姐夫劝我要与你划清界限，不让我来南京找你。”秦雅芳依偎在男人的肩头，“我思前想后，又舍不得你，俗话讲，一日夫妻百日恩，我不能与你分开！还有人说什么，夫妻本是同林鸟，大祸来了各自飞。我觉得我们要一同飞才对！”

陈亨洲纠正道：“不是大祸是大福！”继而说道，“雅芳，你就等着跟我享受荣华富贵吧！”

陈亨洲泡了一杯饭店提供的咖啡递到秦雅芳的手中：“听说姐夫当上了江苏省巡视员，你知道他这次来徐州干什么来了？”

秦雅芳说：“共产党已经安排姐夫姐姐去苏联学习，出国手续都办好了。就等着姐姐从西安到徐州会合，然后一同出国。”

陈亨洲在心里冷笑。

秦雅芳舀了一小勺咖啡放在口中，问男人道：“亨洲，我们去山东准备啥时动身？”

陈亨洲说：“就这一两天。我准备路过徐州时回家里待几天。回山东不知以后啥时才能回来。”

秦雅芳有点儿担心：“回徐州不危险吗？”

陈亨洲说：“你不要怕，我们处处小心一点儿，没事的。再说我们现在势力大，他们想躲还怕来不及呢！”

两天后，秦雅芳跟着陈亨洲、陈资平来到徐州，一下火车，就直接到花园饭店住了下来。秦雅芳提出来，要回家看看。陈亨洲以不安全为借口，没有同意，他答应秦雅芳，马上和陈资平出门办一件很重要的事情以后，再一同回家。说罢与陈资平一起出去了。

秦雅芳哪里知道，陈资平和陈亨洲是去徐州宪兵司令部调动军警了。

夜里十点多钟，陈亨洲从外面回来，两只眼里凶光毕露，身后跟着几个荷枪实弹的军警，秦雅芳正纳闷，三更半夜来这么多荷枪实弹的士兵做什么呢，就听陈亨洲恶狠狠地说道："雅芳，你现在就与我们出去一趟，将陈理真的住处指给我你就可以回家了！"

秦雅芳什么都明白了，原来这个男人之前所做的一切都是为了逮捕陈理真。没有料到，她出卖的第一个共产党竟然是自己的亲姐夫！天哪！后悔，真是后悔啊！这真是哑巴吃黄连有苦说不出了啊！

陈亨洲见秦雅芳不作声，便威胁道："如今只有干下去，才是唯一的出路！否则，谁也活不成！"少时又说道，"你在南京所花的钱都是调查科给的，你如果没有一点贡献，以后谁还给你钱花！我的姑奶奶，你别胡思乱想了，只要是上了这条船，干与不干都是贼了！……"

傍晚的时候，徐海特委书记万金培回来了。一见万金培，陈理真有点儿喜出望外："老万，你可回来了！"突然发现万金培身后还跟着一个头戴礼帽、戴着一副黑色墨镜的中年男子，不由问道，"这位是……"

万金培说："老陈，我给你带来个客人，你猜猜是谁？"

陈理真正诧异，见那人将礼帽取下来，又将脸上墨镜摘掉，陈理真认得，是山西省委巡视员老王，前不久他们还在上海一起开过会呢！

老王叫王旺程，也是徐州人，他这次是路过回家看看，然后去上海汇报工作。

陈理真上前一把握住老王的手："老王，你这个大亨怎么到徐州来了？"

老王说："不是为了你嘛！"少时又说道，"先给你报个喜，雅芬娘儿俩明天就到徐州了，你等躁了吧！"

陈理真说：“是有点儿躁了，时间不等人呢！”

老王假装一本正经地说道：“雅芬同志因为一些特殊的原因，时间一直没有定下来，所以也不好确定来徐的日期，也就不好给你回信了。怕你焦急，雅芬专门让我打前站提前来给你送个信。”

陈理真说：“你还是那么爱开玩笑！我么是多大的官，还劳你的大驾！”

老王笑着说：“我是受我们省委的委托，到上海去给中央汇报工作的。”少时又说道，“理真同志，现在全国斗争形势十分复杂，你这次出国一路上要当心啊！”

陈理真点点头说道：“谢谢，我会小心谨慎的。”

晚上陈理真和万金培留老王吃了一顿便饭，去上海的火车时间还有富余，陈理真突然想起一件事情，三个人围在桌子旁，陈理真便将陈亨洲叛变的事情讲了一遍。然后三个人又一起研究了应该采取的应对措施。快到十点钟的时候，老王赶火车走了，陈理真与万金培又商量了一下徐州的斗争形势，就关灯睡下了。

刚躺下不久，一阵激烈的敲门声打破了深夜的宁静。凭着经验，陈理真就知道不好，房子很小，也没有躲避的地方，也没有后窗，即便有，若是敌人的话，肯定会在窗外设埋伏的。所以陈理真也没有打算跑，相反拉开电灯，穿好衣服，静静地坐在床边上，以不变应万变。

不一会儿，房门被撞开了，十几个全副武装的宪兵和警察一起闯了进来。后面跟着他的老熟人陈资平还有他的亲妹夫陈亨洲。陈理真什么都明白了，狠狠地瞪了他们一眼，将脸转到一旁，表示对这两个叛徒的不齿与愤怒！

热血忠魂

陈资平点燃一支烟，得意扬扬地说：“理真同志，三更半夜的，打扰你了，没有料到吧？”

陈理真愤怒地说道：“你这个无耻的叛徒，谁是你的同志，你也配？”

陈资平一笑：“理真同志，我们毕竟在一起共过事，看在我们往日的情分上，我不会为难你的，你也别拿我当你的敌人，虽然我们现在各为其主，信仰不一样，但那是因为你中共产党的流毒太深了，我劝你，还是早早地悬崖勒马，回头是岸，归顺国民党，否则的话，你可就要吃苦头了！”

陈理真横眉冷对：“你这个叛徒，你这次又能领到多少赏钱？ 你欠下的血债，早晚会受到党与人民正义的审判的！”

陈亨洲凑上前来：“姐夫，对不住了！”

陈礼真大声地喝道：“住口，谁是你的姐夫？ 我们陈家亲戚之中没有你这样的败类！”说罢，然后毫无畏惧地对着军警说道：“走吧。”

与陈理真同时被捕的还有徐海特委书记万金培。 史料记载，万金培被捕不久也当了叛徒。 此是后话。

冬至刚过，离小雪节气还有七八天时间，冬天一向稀罕雪的南京突然下起了小雪，由于气温不是很低，所以，脆雪还没落地就已经化成水了。 雪下了半天加多半夜，房顶和路面几乎没有一点雪的踪影。

瞻园路上因为有了瞻园园林的魅力，铸就了江南小桥流水的韵致，也就在这条石板路上，离瞻园只有六七十米的南京宪兵司令部，却是像冰窖一般的彻骨的寒冷。 如果昔日大明开国元勋徐达知道六百年后会和罪恶深重的宪兵司令部做邻居，一定会气得七窍生烟，从棺材里跑出来骂街的！

南京警备司令部刑讯室里面目狰狞，令人望而生畏：皮鞭因为喝足了鲜血，已经变成绛紫色，像条蛇盘在那里；又尖又细的竹签，蓝烟四起的油锅，烧得通红的炭火和烙铲，张牙舞爪的老虎凳，还有新式刑具电椅。 令人毛骨悚然，两腿发软。

陈理真从徐州被押解到南京宪兵司令部已经十多天过去了，在刑讯室敌人已经将各种刑具用尽，然而陈理真硬是一个字都没说。 他的勇敢与坚强，这是敌人没有料到的。前几天有个叫朱务平的共产党，已经耗尽了他们的耐性，难道说共产党人都是铁打的身躯？气急败坏的宪兵队长问道：“姓陈的，我看是你的骨头硬还是我们刑具硬。”陈理真轻蔑地望一眼血迹斑斑的刑具，慨然说道：“我们共产党人是钢筋铁骨，有什么招你尽管使出来吧！”宪兵队长无计可施，假装镇静地说道：“你是共产党的要员，党国一心想提携你，给你指出光明大道，你别不识抬举！”说着从一旁拿过来一张表，“你只要能在这张纸上签个字，你马上就能获得自由，党国还能重重提拔你。你看人家陈资平，官比你还大，人家为什么就想通了，俗话讲，识时务者为俊杰。还有你在长淮特委下属刘平，你的妹夫陈享洲，你的妹妹秦雅芳！”陈理真往地上吐口痰，“你别给我提这些败类，他们就是几条狗，几条没有血性的狗！我要是像他们那样，我不也成了狗了！”宪兵队长歇斯底里地喊道：“你到底签是不签？”陈理真冷笑：“只有狗才会签这种字！”宪兵队长喝令大刑伺候。陈理真又一次被折磨得昏了过去，然后被拖进了阴暗潮湿的牢房……

不知过了多久，陈理真才苏醒过来，他吃力地睁开双眼，静静的牢房里亮着一盏没有一点儿生气的昏暗的灯。

陈理真忍受着浑身的伤痛，慢慢地从铺满稻草的地面坐了起来。

忽听有人说道：“理真老弟，你吃苦了。”

陈理真听出来是陈资平的声音，重新躺回地上，闭上了双目。

陈资平劝道：“理真老弟，我知道你是个人才，我在上面一直为你说好话，我劝你还是软一点儿吧，鸡蛋永远是碰不过石头的！”

陈理真一使劲坐立起来，冷笑道：“我的血管里流淌着中华民族的鲜血，生就钢筋铁骨，决不会像你们那样叛变革命，充当国民党的爪牙！”

陈资平苦笑一下：“理真老弟，你这又何必呢！你这么固执又有什么用呢？不瞒你说，刚开始，我也像你一样，也想杀身成仁，仔细一想，那我不是脑子有毛病了吗？我为什么要给共产党守节，值得吗？”

陈理真怒道：“一个真正的共产党员的心，叛徒是永远理解不了的！”

陈资平气急败坏地说道：“我们曾经一起共过事，也曾经住在一个屋檐下，我是看在老朋友的面子上才来劝降你的，你别不识抬举！你说说干共产党有什么好，就那么一小撮的人，还被国民党撵到了大西南边缘地带，被消灭那是迟早的事情。你再看看国民党，如日中天，军队一两百万，且装备精良，再看看共产党的军队，人少枪孬，怎么能与国民党对抗呢！再说共产党对你有什么好？你为他们流血流汗不说，就说你在上海沪东区，啥错误也没有，就因为你与上面想法不一致，落个处分不说，还被降了职。你怎么就想不明白呢？”

陈理真严正地说道：“党好比是我的母亲，母亲打孩子一巴掌，骂我几句，比起生我养我的恩情，这有算得了什么呢！况且，母亲是爱护我的，是疼爱我的，我决不会背信弃义，对党不忠对母亲不孝……”

陈资平嘲笑道：“你别再为共产党脸上贴金了！共产党是什么样的，我不比你知道？起码说，我比你要参加革命早吧，要比你入党的时间要长吧！”

陈理真“呸”一声：“你也配说你参加革命早？你也配说你的党龄长？你过去的革命理想呢？你在淮安带领群众搞暴动的那种雄心壮志呢？你叛变革命，贪生怕死，贪图享受，贪图荣华富贵，你这个叛徒绝不会有好下场的，早晚会被钉在历史的耻辱柱上，受到人民的审判，让你遗臭万年！”

陈资平也失去了耐性，气急败坏地说道：“我是看在我们曾经在一起共事的份上，一个老朋友的份上才苦口婆心地来劝你的。如今。司令部的期限已到，再不回心转意，主动去自首，后果你自己明白。”

陈理真怒不可遏：“你别费口舌了，我的信仰不会改变，忠诚党的一颗心不会改变，因为我的身体里流淌着党的血液！”少时又说道，“怕死不干共产党，既然落在你们的魔掌，我本来就没有想到活着出去！ 你给我滚出去，你多待一分钟，我都会感到是一种耻辱！”

陈资平无奈地摇了摇头，长出一口气，灰溜溜地走了出去。

陈资平出去之后，原中共中央经济斗争部部长叛徒胡大海走了进来，一番嘘寒问暖之后，胡大海不顾陈理真不理睬他，厚着脸说道：“理真，干共产党有什么好处，啥待遇也没有，还成天过着提心吊胆的日子，跟随国民党荣华富贵享受不尽，兄弟，听哥一声劝，还是降了吧，免受皮肉之苦啊！”

陈理真忍无可忍，挣扎着坐起来：“你住口，你走你的阳关道，我过我的独木桥，你给我滚出去！ 我不想看到你丑恶的嘴脸！”

陈资平和胡大海接连败下阵来，宪兵队长仍不死心，又找来级别更高的叛徒徐锡根。 徐锡根曾是中共江苏省委委员兼上海市委书记，在中共六届四中全会上当选为政治委员，1932 年在上海被捕后即叛变，沦为中统特务。

陈理真没有想到在牢房里以这种方式见到昔日非常尊敬的“老领导”，他压不住满腔的怒火，不容徐锡根开口，抢头就是一顿臭骂：“没想到你这个曾经的工人运动的领袖，竟然是个毫无骨气的皮囊，竟然为几个臭钱连信仰都丢了，竟然沦为任人使唤的哈巴狗，你还有何脸面活在这个世上！ 你以为你投靠国民党就风光吗？ 早晚有一天，无论是共产党还是国民党，都不会放过你的，广大的革命群众也不会放过你的！ 不是不报，时候未到！”见过大风大浪的徐锡根被骂得无地自容，恨不得有个老鼠洞钻进去。 一句话也没说，气急败坏地逃之夭夭。

第二天一早，放风之后不久送饭的来了，两个馒头一碗稀饭，还有小碟咸菜。 陈理真想，要想继续斗争下去，必须得坚持吃点东西。否则的话，连骂他们的力气都没有了。 想罢，将馒头和稀饭全部吃了下去。

稍事休息，突然听到外面狱警喊道：“陈理真，有人来看你来了！”陈理真一惊，他现在怕就怕是妻子与女儿前来。 当他发现来人是个中年男人的时候，心中那块石头才算落了地，他观察了半晌，也没有看清楚来的人是谁。正当他疑惑的时候，来人却主动说话了。

“理真，你还认得我吗？”中年男人问道。

陈理真觉得来人说话的声音有些耳熟，却一时回忆不起来了。

中年男人又说道：“你陈老师的声音也分辨不出来了吗？”

陈理真因为眼睛上方有伤口，尽管他努力地去辨认，还是徒劳，不好意思地苦笑一下。

那个中年男人蹲下身，将陈理真扶坐起来：“你仔细地看着我，看看能不能认出我来？”

陈理真猛然回忆起来了：“你是陈雪尘老师，对吗？”

陈雪尘送上一个温暖的笑：“你看看你被他们毒打成什么样子了！连我都认不出来了！”

陈理真没有想到昔日的班主任老师会来到南京看望自己，毕竟是将近十年未见了。不过又觉得奇怪，他怎么会来的呢？他是给国民党当说客的，还是……他心头漫上一丝警惕。

“陈老师你怎么来了？”陈理真撑着要站起来。

陈雪尘急忙按住：“你就别拘礼了，你说你伤成这个样子，真是让我的心都碎了！”

陈理真惨然一笑：“敌人只能伤我的筋骨，却磨不去我的意志！”半晌又不由问道，“陈老师你此次来是……”

陈雪尘淡淡一笑：“理真，不瞒你说，我是来当说客的。我实话告诉你，你毕业之后，我就调到南京国民党党部来工作了。”他见陈理真不语，又说道，“人各有志，就像你参加中国共产党，追求你的理想一样。”

陈理真心中暗想，果然不出我的所料。不过令他没有想到是，昔日省立七师那个风度翩翩、思想进步、暗地里支持学生运动、憎恶国民党腐败、追求真理的陈老师多年后会参加国民党，而且是国民党中央党部的要员。真是滑稽可笑，人真的是会改变的，就如陈资平，当年为了闹革命，不怕流血牺牲，与国民党进行针锋相对的残酷斗争，可有谁会想到，就是这么一个冲锋陷阵的共产党员，多年之后，会叛变革命当了叛徒，将枪口对准自己的同志，反过来充当国民党的爪牙，大肆逮捕共产党！ 记得当年在七师读书的时候，自己的一篇作文，受到陈雪尘的赏识，批他的作文是“横扫千军”！ 他与好同学穆林青一起出去游行张贴标语，陈雪尘都会替他们打掩护。 有时误了食堂饭时，陈老师还会到自己家拿来馒头给他们充饥。 这样的事情还不止一次。

陈雪尘看陈理真在沉思，不由问道：“理真，你在想什么呢？ 是不是对于我信仰的改变会有一些想不通？”

陈理真叹一口气：“陈老师，你刚才说的那句话是对的，‘人各有志’，这没什么，每个人都有两面性，况且这种两面性是复杂的，不可预料的。”

陈雪尘说道：“理真，我今天既然是来当说客的，我就得尽到我的本分。 俗话讲，受人之托忠人之事。”接着话锋一转，“理真，我对你是了解的，在学校，你是个品学兼优且思想进步的好学生，你有抱负，有理想，忧国忧民，想报效国家，这是一个进步青年应该做的。 我也是非常赞同的。 过去你参加一些进步活动，我也是非常支持的。 你今天之所以成为阶下囚，我认为你主要的错误是没有学好三民主义，所以才会误入歧途！”

陈理真泰若自然地说道：“陈老师，三民主义我不知看了多少遍，也深知三民主义不能救中国，我坚信，只有中国共产党才能救国救民，推翻压在中国人民头上的三座大山……”

陈雪尘被说得哑口无言，他连招呼都没有打，就走出了牢房，他对站在门口等候消息的陈资平感叹道：“自古来烈士贞女事同一理，能否坚持，只在一念之差，今天陈理真意志坚定，矢志不移，我看他一定要成仁了。”

陈雪尘的意思是说，从古至今，烈士和贞女都是令人敬佩的，能成为烈士或贞女的，一旦心诚志坚，劝降亦是不可能的事情了。陈理真已经被中共赤化了，早已做好了牺牲的准备，抱定视死如归之决心，已经不可救药，更不可能回心转意了！

面对软硬不吃的陈理真，为了撬开他的嘴巴，宪兵队长耐着性子，使出杀手锏，想用亲情感化这个铁打的硬汉。

这天，陈亨洲、秦雅芳提着一些糕点、罐头等食品低头走进了牢房。一进门，两人就跪在了陈理真的面前，哀求道："姐夫，只要你答应不干共产党，我们就可以保证你不死，不看僧面看佛面，看在姐姐和曼儿的面子上，你就答应了吧！"陈理真破口大骂："你们都是些叛党求荣的可耻叛徒，灵魂早被金钱给出卖了，只剩下任人唾弃的躯体。你们生不如死。狗都知道忠诚，而你们连条狗都不如！"他按住疼痛的伤口继而痛斥道："你们这对狗男女不配和我讲话，我没有你们这种无耻的亲戚，共产党更没有你们这群败类！"说着，将陈亨洲带来的食品扔出了牢房，"我在不想见到你们，快快滚出去！"

临刑前，宪兵司令部抱着一丝希望，从萧县找来了陈理真的大哥陈履芬，企图做最后一次努力。长兄如父，大哥对陈理真可以说是恩重如山，因为是家中的老大，长兄较早地担负起家庭的重任，他一生勤劳，忍辱负重，不仅是种田的好手，还在村里经营着小本生意，在父母的协助下，他和嫂子操持着家庭几十亩的农田，播种、田管和收获，以保障家庭的基本生活。农闲时，他与嫂子起早贪黑做过豆类加工、木工手艺，为几个弟弟筹措上学费用。夫妻俩多半辈子连县城都没有去过。对于老实巴交的长兄前来探监，陈理真的确有点儿意外。

陈履芬看到浑身伤痕累累的三弟，不由得泪水一下涌了出来，他将陈理真紧紧地抱在了怀里，喃喃地说道："三弟啊，事情业已这样了，为兄没有文化，不懂得你们的革命是对是错，也不懂得什么是信仰，为兄觉得眼下还是得保住性命要紧。古语讲，留得青山在不怕没柴烧，你先将名签了，等你出去以后再讲下一步。否则的话，什么机会都没有了！"

陈理真沉痛地说道：“大哥，你知道，每个人只有一个父亲，同样道理，为党为国也只有一颗心，岂能有两颗心呢！头可断，血可流，但志不可移！……我已抱定必死的决心，你别劝弟弟了。只是我死后，无法在父母面前尽孝了，请你为两位老人养老送终吧……”

长兄出去以后，陈理真感到伤口一阵剧烈疼痛，又一次昏了过去。当他有一点意识之后，脑子里突然想到了妻子秦雅芬与女儿文曼：她们母女如今到徐州了吗？如果到了徐州，知不知道我被捕了呢？她们母女有没有危险呢？没有人性的陈亨洲与陈资平绝不会放过她们母女的，也许还会利用她们母女来要挟自己投降。不过已经十多天过去了，假如她们母子也不幸被捕的话，现在敌人也该行动了。如果这两天不见她们母女的话，或许妻子与女儿是平安的，那样的话，他就没有后顾之忧了。细想起来，他觉得对不起她们母女，特别是女儿文曼，一出生就处在白色恐怖之中，很多事情自己都不能尽到一个父亲应该尽的义务。现在只求老天爷能保佑她们母女平安，固然他不相信宿命论。

浑身疼痛，令陈理真一夜没有睡安稳，好不容易睡着了一会儿，还做了个梦，他梦见父母亲也来监狱看他了。自从离开家乡，他一次也没回到龙虎峪那个生养他的地方去。在没被捕之前，他在徐州等秦雅芬和女儿的这段日子里，倒是想回家探望一下父母亲的，后来因为要到贾汪煤矿调查那儿的斗争情况，一耽搁就没有回去。

父母亲就站在自己的面前，伸手可及，连老人的呼吸都清晰可闻，可陈理真却觉得是那么地遥远，像是隔着一座山峦。父母亲明显苍老了，他们才五十多岁，腰都佝偻了，走路都有些蹒跚了。父亲在腰间摸索出从亲戚朋友那儿凑来的一小布袋钢洋，送来想赎儿子出去。陈理真告诉父母亲，再多的钱也没有用了，敌人绝不会放儿子出去的。母亲问，有什么办法呢？他告诉母亲，除非儿子叛党写一份自首书，就能苟且活命。母亲喜出望外，那你就快写吧。陈理真声泪俱下道，儿子不能这么做，如果那样的话，儿子就是不忠不孝，被世人唾骂！ 母亲说，先保命要紧。 陈理真说，假如儿子那样做的话，上对不起祖国，下对不起人民，更对不起你们二老，所以儿子即便是死也不能做出那种不忠不孝不义的事情来……儿死不足惜，只是儿子再也不能为党再做工作，更不能在你们二老面前尽孝，实在是痛心疾首，你们二老就权当没生我这个儿子吧!

……梦醒，陈理真早已是泪流满面，将面前的稻草都打湿了。

后记
穿越，停滞了四十一年的时空

由于历史的种种原因，1973 年清明节，秦雅芬与女儿陈文曼才相约来到南京雨花台，吊唁亲人陈理真烈士。

陈文曼，在父亲的遗像前深深地鞠躬，然后匍匐在地，声泪俱下：父亲，你走了四十余年了，你走得英勇，走得壮烈，走得令后人肃穆、敬仰；你为革命，不怕抛头颅洒热血，为祖国的解放事业牺牲你年轻而又宝贵的生命。我作为你的女儿感到骄傲！ 你的宽广的恩泽呵护着我，你的伟大光环照耀着我，什么样的委屈苦楚都飘散了，什么样的艰难困苦都消弭了，只有心存感激和感动，谢谢你生了我，作为你的女儿我无比荣光，无比幸福，也无比自豪！ 假如有来生，你还当我的父亲，我还做你的女儿！ ……

在雨花台纪念碑下，秦雅芬双手捧起一把热土，久久地，久久地抱在了胸前，泪水像断线的珠子簌簌滴落……她知道，几十年前，这抔土里有丈夫的鲜血融化在里面，丈夫的音容笑貌随即浮现在眼前，丈夫牺牲前那铮铮铁骨响彻在云间，她仿佛能听到丈夫一颗对党忠诚的心怦怦地跳动。 由于不可诉说的原因，她一直没能来到丈夫牺牲的地方吊唁，她有许多愧疚，有许多思念，有许多无奈，更有许多心里话，深埋在内心的深处不能得到倾诉。 今天她要将埋藏在心底所有的话说出来，她想丈夫一定能够听得到，也应该听得到。 在历史长河中，她相信丈夫并没有走远，他无愧于党无愧于祖国的灵魂就在雨花台附近，他不会一个人走远，他在等待妻子与女儿心灵的呼唤。 她要将分别这些年来的思念与情感全部说出来，让逝者安息，让生者安心……

理真，因为种种原因，我与文曼分别了二十七年。1959年年底，在当地政府的关心支持下，在老革命郭子化同志的热心帮助下，我们母女在徐州相认，你一定会感觉到我们母女俩分别几十年的那种痛苦，那一刻，我们母女俩紧紧地相拥在一起，抱头痛哭，分离了二十多年的两颗心终于贴在了一起。激动的泪水在我们脸上恣肆，这时候什么话都是多余的了。什么话也表达不了此时此刻我们心中的思念与期盼、悲欢与幸福。假如时间能倒流的话，哪怕是用生命来换取，我们一定不会后悔！决不！

如今你的女儿文曼已经长大成人，在党和国家的培养下，成了一名光荣的人民教师了。她现在已经是三个孩子的妈妈了。三个子女都随你的姓，我相信你在九泉之下也会感到一丝欣慰了吧。

当年在你被捕的第二天，我与文曼才来到徐州，当我从我的兄弟秦雅彪口中得知你被捕的消息，我瞬间感到天旋地转，险些栽倒在地，要不是曼儿的哭声唤醒了我，也许我就随你去了。我恨那个无情无义的妹妹秦雅芳，你那么关心她，照顾她，她怎么能出卖你呢，难道她的良心被狗吃了吗？她出卖自己的亲姐夫，做出这种连畜生都不如的事情来，难道不怕上天打雷劈死她吗！我怎么有这样狼心狗肺的妹妹呢？我的父亲听说此事，气得头往墙上撞，可怜老人家欲哭无泪，好几天茶不思饭不进，几次欲自杀，他想以此为他那个没有天良的女儿赎罪啊！可现实又能怎么样呢？我告诫我不能倒下，我要找组织想法设法营救你，还有我要安顿好女儿文曼，可怜的孩子啊，她不知道自己心爱的父亲已经深陷囹圄，假如你不被捕，我们一家三口也许早已踏上了异国他乡的土地。可是命运多舛，当然作为一名革命者，一名受党培养多年的共产党员，随时都准备为革命牺牲一切，包括自己的生命。但是事情真的到了自己身上，从我的内心来讲，我是多么希望你能平安地回到我的身边，与我一起并肩战斗，完成未完成的事业啊！我将曼儿送到乡下王姑妈那儿寄养，安排了所有的事情，我准备去南京找朋友托关系看看能不能将你营救出来。然而我还没有动身，就接到组织上给我的指令，让我迅速回到陕西省委有新的工作。并告诉我，至于营救的事情，你相信组织上会想尽一切办法营救陈理真同志的，你就放心地走吧。没有办法，这是组织上决定，我只有服从。时隔不久，我就接到你牺牲的消息。没有料到，敌人会这么快就对你动手了。当时我真想随你一起去就好了。我不怕敌人的屠刀，我怕失去你，让你一人孤孤单单地行走在无人知晓的黄泉路上。令我伤心至极的是，我连你最后一面都没有见到。

……

1944年，上级组织批准我去延安学习的请求。我像个孩子似的，激动得差点要跳起来了。延安是革命的圣地，是中共中央办公所在地，是许许多多共产党员和进步人士向往的地方。我激动得眼泪都流下来了。这次去延安一共有八十多人，除了军烈属就是干部子女。我是作为烈属去到延安学习的。我是谁的烈属？是你陈理真的烈属。所以我一直认定我是陈理真烈士的妻子。我有理由相信,党也是这么认定的……

拉拉杂杂说了这么一大堆的话,许多话都是无用的话,甚至是废话,有些话也许你听不懂,甚至听不明白,但我要一五一十地讲给你听,假如你不牺牲的话,我的命运会改写,我的生活与工作又会是另一番境况。但这种假如真的是假如了。

理真,你在天堂过得还好吧,那儿估计不会有战争,即便有,我相信你一定会坚持正义,向邪恶宣战,追求真理,就像你的名字一样,理真,真理,真理,理真……

人民没有忘记你们,党没忘记你们,祖国没有忘记你们,你们的事迹和名字将名垂青史,永远地鳌刻在人民的心中。

秦雅芬和女儿陈文曼向雨花台烈士纪念塔深深举了三个躬,心中默念,雨花台的英烈们,你们安息吧。

清明时节雨纷纷,路上行人欲断魂……

四月的南京,小雨说来就来,淅淅沥沥。

祖国在哭泣!

人民在哭泣!

雨花台在哭泣!

亲人们在哭泣!

就连上天也在哭泣!

他们都在祭奠那些为祖国解放事业,为党献出年轻而又宝贵的生命的英灵吧!

主要参考文献

1. 《中共长淮特委》，中共蚌埠市委党史办公室编，安徽人民出版社，1991 年。

2. 《血洒雨花台》，皖内部图书 2002—26 号。

3. 《中国共产党徐州地方史（第一卷）》，徐州市史志办公室编，中共党史出版社，2003 年。

4. 《中共蚌埠地方史大事记》，皖内部图书 2001—72 号。

5. 《中国共产党蚌埠地方史》，中共蚌埠市委党史研究室编著，安徽大学出版社，2007 年。

6. 《雨花台烈士丛书・朱务平传》，钱海峰、郑于光著，江苏人民出版社，2016 年。

7. 《江苏革命斗争纪略》，中共江苏省委党史工作委员会、江苏省档案馆编，档案出版社，1987 年。

8. 《中共铜山县党史大事记》，中共铜山县委党史工作委员会、铜山县档案局合编。

雨花忠魂·雨花英烈系列纪实文学

《流火：邓中夏烈士传》 龚　正 著
《落英祭：恽代英烈士传》 徐良文 于扬子 著
《去留肝胆：朱克靖烈士传》 王成章 著
《夜行者：毛福轩烈士传》 周荣池 著
《残酷的美丽：冷少农烈士传》 薛友津 著
《爱莲说：何宝珍烈士传》 张文宝 著
《飙风铁骨：顾衡烈士传》 邹　雷 著
《碧血雨花飞：郭纲琳烈士传》 张晓惠 著
《“民抗”司令：任天石烈士传》 刘仁前 著
《青春永铸：晓庄十烈士传》 蒋　琏 著

《文心涅槃：谢文锦烈士传》 周新天 著
《丹心如虹：谭寿林烈士传》 刘仁前 著
《云间有颗启明星：侯绍裘烈士传》 唐金波 著
《风向与信仰：金佛庄烈士传》 李新勇 著
《栽种一棵碧桃：施滉烈士传》 蒋亚林 著
《雄关漫道：陈原道烈士传》 杨洪军 著
《忠贞：吕惠生烈士传》 辛　易 著
《红骨：黄励烈士传》 雪　静 著

《热血荐轩辕：李耘生烈士传》 张晓惠 著
《世纪守望：徐楚光烈士传》 李洁冰 著

《以身殉志：邓演达烈士传》 王成章 著
《逐潮竞川：孙津川烈士传》 肖振才 著
《生命的荣光：朱务平烈士传》 吴万群 著
《信仰无价：许包野烈士传》 裔兆宏 著
《金子：杨峻德烈士传》 蒋亚林 著
《血花红染胜男儿：张应春烈士传》 李建军 著
《青春祭：邓振询烈士传》 吴光辉 著
《任凭风吹雨打：罗登贤烈士传》 龚　正 著
《红灯永远照亮中国：吴振鹏烈士传》 曹峰峻 著
《青春的瑰丽：陈理真烈士传》 薛友津 著
《长淮火种：赵连轩烈士传》 王清平 著
《青春绝唱：贺瑞麟烈士传》 刘剑波 著
《逐梦者：刘亚生烈士传》 李洁冰 著
《抱璞泣血：石璞烈士传》 杨洪军 著
《新生：成贻宾烈士传》 周荣池 著